LES DESMICHELS

I

GRAND-CAP

THYDE MONNIER

LES DESMICHELS

1

GRAND-CAP

FRANCE LOISIRS
123, boulevard de Grenelle, Paris

Édition du Club France Loisirs, Paris,
avec l'autorisation des Éditions René Julliard.

ISBN 2-7242-1174-X

LES DESMICHELS

Les terres de la Guirande, en Provence, sont entrées dans la famille Michel par le mariage de Vincent Michel avec Fleurie Guirand. Leur fils Laurent a voulu épouser Thérèse Aiguier pour utiliser sa fortune à les mettre en valeur, mais c'est son fils Firmin qui, par son union avec la riche Félicie Venel, a fait la prospérité du domaine, entraînant le changement de nom de la famille de « Michel » en « Desmichels » (cf. *Nans le berger*).

Comme bien des arbres, Laurent avait fait double souche : Pascal Nans est le fils qu'il a eu de sa servante Pascaline. Ce Nans sera le vrai père d'Antoine, le premier fils de Firmin et de Félicie. (Cf. *Grand-Cap, Le Pain des pauvres* et *Les Forces vives.*)

Après Antoine sont nés Sébastien, Pierre, Marguerite, Louise, Florestan et Rosine.

De Rosine et de Marcel Jouve naît Aubette (cf. *La Demoiselle*). Enfin *Le Figuier stérile* relate la destinée de Marguerite et *Travaux* celle de sa fille Vincente.

GRAND-CAP

Firmin Desmichels avait rassemblé dans la cour de la Guirande sa famille et ses valets, il avait ordonné d'amener ses troupeaux et d'ouvrir les granges à blé, les remises à outils et les caves à huile et à vin afin de bien montrer la prospérité du domaine ; ensuite il avait sommé son fils aîné Antoine de choisir entre sa part de cette richesse et Arnaude, la fille de rémouleur qu'il voulait épouser.

I

Arnaude se lève de sa chaise. Elle tient son ventre à deux mains comme une grosse pastèque. Elle se met sur le seuil de la porte et regarde : le soleil léger fait une petite pluie de lumière entre les fines ramures des pins. A grands coups de peinture tiède, il lèche les troncs bruns toujours du même côté, l'autre reste englué dans le vernis noir de la nuit. Entre les massifs de cistes à feuilles rêches, chaque brin de l'herbe courte qui forme le sous-bois porte sa goutte brillante et la clarté matinale s'amuse à la tailler en facettes, comme un diamant.

— Quelle heure y peut être ? se dit Arnaude.

Quand Antoine, Félicien et Joseph sont partis, elle dormait encore. Depuis quatre nuits, elle ne pouvait plus être tranquille, tellement son ventre la gênait. Alors, le père et les fils se sont couchés ensemble sur la même paillasse et elle a dormi seule sur celles de ses garçons. Les hommes ont dû monter à Grand-Cap comme tous les jours. Il y a là-haut une coupe de bois qu'Antoine Desmichels a achetée et qu'il faut descendre. Ça fera du bon feu et du beau charbon.

Une douleur vive comme une pince de fer et qui la tord d'une hanche à l'autre fait changer Arnaude de pensées. Elle s'appuie au mur, la sueur mouille son visage. « Hou, ça a mordu cette fois. » Repliée sur son fardeau elle reste à réfléchir : « Ça y est sûrement, l'enfant veut naître. » Elle se demande si elle va s'accoucher seule comme pour Félicien, ce jour où Antoine était trop loin en forêt pour l'entendre ? La douleur s'efface... Arnaude en profite vite pour faire quelques pas au-dehors. Elle s'avance sous les arbres serrés. Si elle pouvait aller jusqu'à la clairière, sa voix porterait mieux. Elle y arrive, elle crie :

— Antoine ! Félicien ! Antoine !

Elle pense : « Ça me tue ! J'ai plus de force. » Elle s'allonge sur la terre et elle écoute le sang bouillir dans elle à gros bouillons et emplir son cerveau. Elle ferme les yeux dans un vertige et les souvenirs lui remontent.

De la naissance qui se prépare dans le déchirement de son corps, elle retourne à la naissance de son fils Joseph, puis à celle de son fils Félicien, puis plus loin encore dans le passé à son mariage, à ce don de sa chair qu'elle a fait à Antoine comme d'une terre, pour qu'il la laboure, l'ensemence et la fasse produire.

Que cela peut vous mener loin, de réfléchir ! Ces trains qui passent dans la nuit comme des comètes, traînant leur queue d'étoiles, ils vont moins vite vers leur but que la tête d'Arnaude vers le passé. Elle se souvient de la première fois où, à ce garçon de la Guirande, cet Antoine Desmichels, ce fils de riches, elle avait vu une triste figure. Leurs rencontres, avant cette heure, c'était toujours au milieu du rire des bals et dans des recoins de route, où ils ne pensaient qu'à se serrer. Alors, leur plaisir d'être ensemble était plein d'un jus sucré de fruit cueilli à l'arbre. Ils s'en saoulaient, et ne sentaient rien d'autre. Pour la Sainte-Marie qui est la fête de Bellaïgue, le père Desmichels était descendu à la vogue avec toute la famille. Attablé sous les platanes, il versait la limonade à sa femme et à ses enfants qui tous l'entouraient, sauf Antoine, l'aîné. Et cet aîné, justement, il le regardait qui passait devant lui, dans la poussière soulevée au hasard des danses. Et après l'avoir trouvé beau et bien bâti, il remarquait qu'il dansait toujours avec la même fille. Alors, il regarda aussi la fille. Et il reconnut cette petite de rémouleur qui était venue à la Guirande, prendre les outils à aiguiser et les rapporter. Il se rappela des coups d'œil entre elle et son garçon, entre les yeux de feu de la charitonne et les lacs calmes des yeux de son fils.

Il jeta le reste de sa bière sur le sol et, son verre reposé brusquement sur la table, tapa dur contre le bois.

— Paye-toi, cria-t-il au garçon, en lançant cinq francs près des bouteilles.
— On part ? demanda Félicie.
— Oui, dit le père.
— Déjà ? dit Marguerite.
Félicie aida son plus petit, Florestan, à descendre de la chaise et poussa les filles devant elle.
Le père surveillait les couples. Quand Antoine passa devant lui, il cria :
— Allez, Antoine, on part !
— Je vous rejoindrai, dit le garçon.
Il avait un visage enflammé de bonheur, qui brûlait comme un arbousier d'automne, il souriait vers son père et sa bouche entrouverte, brillante de salive, était tout près de la bouche d'Arnaude, ouverte elle aussi et pleine de tous les sucs de la vie.
Desmichels vit ces choses et il vit les corps tendus l'un vers l'autre qui continuaient à se toucher en dehors du mouvement de la danse. Il dit :
— Non, tu rentres tout de suite avec nous.
Les bras d'Antoine défirent leur geste, qui était de retenir la taille d'Arnaude et retombèrent, lianes tranchées.
Il regarda son père au plein des yeux et baissa les siens.
— Bon, dit-il.
Arnaude était restée immobile après cet abandon, droite et sans parole, les danseurs la guettaient avec des sourires moqueurs.
— A demain, lui dit Antoine.
Et sur cette bravade, il sortit du bal.
Desmichels lui saisit le bras. Félicie marchait devant avec les petits.
— Alors, dit le père, c'est toujours cette traînée ?
— Oui, dit Antoine d'un ton calme.
Et il serrait ses poings dans les poches de son pantalon.
— Tu me feras un peu le plaisir... dit le père.
— Elle est pas une traînée, dit Antoine, je veux me marier.
— Avec ça ? dit le père.
— Oui, dit Antoine.

— Je pense, dit le père, que tu plaisantes ?

— Non, dit Antoine.

— Je t'ai jamais rien empêché, dit le père, mais ça...

Ils montèrent dans la charrette, Félicie derrière avec tous les enfants les plus jeunes qui se disputaient les coins, Sébastien et Pierre déjà grands, qui avaient écouté et tâchaient d'entendre la suite.

Desmichels se mit comme d'habitude à côté d'Antoine qui conduisait. Ils ne parlèrent que des travaux de la terre. Arrivés à la Guirande, pendant qu'Antoine remisait la voiture, son père resta auprès de lui à le regarder faire, puis il lui dit :

— Comment elle s'appelle ?

— Arnaude, dit le garçon.

— Et puis ?

— Je sais pas.

— Tiens, tu me fais rire, dit Desmichels. Tu sais même pas son nom.

Il cracha par terre et s'en alla.

Tout cela, Antoine l'a raconté à sa femme, plus tard. Dans les souvenirs d'Arnaude, ce qui est resté, après les images des rendez-vous, pleins de leurs caresses et après la scène du bal, c'est ce jour où elle a vu arriver son mari, au cabanon qu'elle habitait avec son père, dans les roches, en haut du village. Il lui avait souri de loin, avec une figure pâle, toute tirée, de petit garçon qui a de la peine. Elle s'étonnait de lui voir un baluchon sur l'épaule et Nans, le berger de la Guirande, auprès de lui. Il s'était assis sur la pierre et Nans s'était assis en même temps, avec le même repliement de gestes, comme s'il avait été l'ombre exacte d'Antoine, comme l'ombre de la pie se pose en même temps que la pie et ne bouge que si l'oiseau s'envole.

— Qu'est-ce qu'il y a ? avait demandé Arnaude.

— J'ai quitté le Domaine, avait répondu Antoine.

— Comment, quitté ? avait dit Arnaude, pour combien ?

— Pour toujours.

— Le Domaine, la Guirande, ta grosse maison ?

— Oui, Antoine avait encore répondu.

Il avait baissé la tête, Nans avait baissé la tête.

— Et pourquoi ? avait dit Arnaude, d'une voix qui s'écrasait dans sa gorge.

— Mon père refuse le mariage, il m'a posé la question de renoncer au Domaine ou à toi.

— Ô ! cria Arnaude, et tu m'as choisie ?

— Oui, dit Antoine.

Il releva sa tête lourde, appesantie sur sa poitrine, le vent qui passait en prit les cheveux dans ses mains de vent, pour en jouer et les fit danser en l'air. Antoine, se dressant tout debout, jeta par-dessus lui sa chemise de toile. Le torse nu, il s'étira, tendant ses poings au bout de ses bras raidis. Il étrilla ses cheveux du peigne de ses dix doigts, de ses dix doigts il se frotta rudement le visage, le front, les paupières, le nez, la bouche, qu'il tordit. Il se frotta la poitrine, sa touffe de poils, ses mamelles dures. Sur son ventre plat d'homme jeune, ses dix doigts descendirent et se plaquèrent contre la place où son sexe battait comme un cœur, enfin, il étendit vers Arnaude, comme en offrande, ses mains pleines de l'odeur de sa chair. Il dit :

— Je t'ai choisie, viens m'embrasser.

Arnaude se jeta contre tout ce qu'il venait de lui dédier.

— Merci, dit-elle, j'oublierai jamais.

Nans s'était levé et les regardait. Ils ne pouvaient pas se douter jusqu'où plongeait le regard.

— Tu vois, dit Antoine, retenant Arnaude à l'épaule, le berger aussi, il a choisi. Là-bas, il avait sa place honorable et de toute tranquillité. Et moi, quand il a couru dans le chemin de mon départ pour me rejoindre, j'ai eu peine à croire qu'il faisait l'abandon de sa fin de vie dans le calme, pour me suivre et pourtant, c'était vrai. Il m'a rejoint et il s'est mis à marcher de mon pas, sans même rien me dire et moi, j'ai dit : « Tu vois ce que tu fais, Nans, de venir avec moi ? — Oui, je viens avec toi, il a dit. — Tu quittes la Guirande ? — Puisque tu la quittes. — Pourquoi ? j'ai dit. — Et il a dit : Parce que... » J'ai pas compris.

Antoine se tourna vers le berger et tout le poids d'Arnaude appuyé sur son corps se tourna avec lui :

— Et même maintenant, dit-il, je comprends pas.

— Y a rien à comprendre, dit Nans. Y a à comprendre que je préfère aller avec toi, que rester sans toi à la Guirande. Je t'ai vu petiton, c'est tout, et tu étais brave pour moi, j'aimerais pas te voir partir seul dans la vie, avec ta femme. A moins que vous me vouliez pas?

— Pas te vouloir? cria Antoine. Tu es fou? Seulement, c'est toi qui fais une grosse perte de ta place au Domaine et moi, qu'est-ce que j'ai à te donner en échange? J'ai rien, tu le sais. Fâché avec mon père, je suis plus pauvre qu'un homme qui se loue...

— Je t'ai rien demandé, dit Nans.

— Qu'est-ce que tu comptes faire? interrogea Arnaude.

— Je l'ai dit, me louer, dit Antoine. Je trouverai bien des journées. Ou bien je peux faire le rémouleur avec ton père?

— Non, dit Arnaude, ça me plairait pas pour toi.

— Non, dit Nans, un fils Desmichels, ça va pas sur les routes. Et de te louer chez les autres, non plus, c'est pas ton genre.

— Alors? dit Antoine.

— Alors, j'ai pensé une chose. La montagne de Grand-Cap, tu la connais? Grand-Cap, tout court, on dit plutôt, et tout le monde d'ici sait qu'on parle de cette gros bec de roche rousse, qui s'avance par-dessus la vallée du Gapeau et d'où on voit la mer brillante, du côté de Toulon...

— Je sais, dit Antoine.

— Eh bien, là-haut, vers la mi-côte, j'ai un petit bout de terre, oh! pas grand-chose, y a plus de pierres que de bonnes mottes, il y pousse guère que des pins, des bruyères et des genévriers, mais les arbres sont beaux et y a longtemps que ça a pas été exploité. Ça te déplairait d'y faire le charbon?

— Non, dit Antoine.

— Si tu veux, nous y allons? Y a une cabane d'une pièce, on peut l'agrandir, ajouter une terrasse, un hangar. La forêt qui l'entoure, et qui est mienne, est assez grande pour donner du travail; d'en haut, elle va vers Bramafan qui est un hameau habité par des bûcherons, d'en bas, elle touche au moulin de Sinssol qui est aux Laurade de Belgentier et à la terre de Plan-Bernard qui est tienne...

— Qui était mienne, corrigea Antoine, elle l'est plus, mon père me l'a reprise avec le reste de mon héritage.

— Ça te dirait ? reprit le berger.

— Oui, dit Antoine, mais y a une chose qui m'intrigue. D'où ça te vient, tout ça ?

— Ô ! dit Nans, ce serait trop long à t'expliquer, c'est des histoires anciennes guère intéressantes pour toi, ce qui est de sûr, c'est que c'est mien et que personne viendra nous expulser.

— Qu'est-ce que tu en penses ? demanda Antoine à Arnaude.

— Moi, ça me plairait bien, dit-elle, on serait toujours ensemble.

— Et ton père ?

— Mon père, il a son métier, il repartira. Courir les pays, ça lui convient.

— On pourrait monter voir.

— Quand tu voudras, dit Nans.

— On se met noir au charbon, dit Antoine à Arnaude, ça te fait rien ? Je te laisserai les draps sales.

— Je t'aiderai, dit Arnaude, comme ça, nous serons sales tous les deux, nous le verrons moins.

Ils s'embrassèrent.

— Ceux-là ! dit Nans.

— Une petite comme ça, qui est tout de cœur, dit Antoine, tu crois que ça vaut pas toutes les Guirande ?

Nans avait détourné les yeux.

— C'est vrai que tu sais pas, pauvre Nans, que peut-être tu en as jamais eu ?

— Non, dit le berger, jamais.

Antoine avait couché sa tête sur les seins d'Arnaude et Arnaude, de ses deux mains, lui caressait les cheveux.

— Ah, dit-il, crois-moi, ça vous paye de tout !

— Je te crois, dit Nans. En attendant, où on couche ce soir ?

— Ici, dit Arnaude, y a une bonne grange.

— Et ton père ? demanda à nouveau Antoine.

— Y te connaît, je lui ai assez parlé de toi. Y te recevra comme gendre. Il est sur la route. Mais il va venir. Allez, entrez, moi je vais tuer un lapin, que j'en ai quatre et nous aurons le civet.

— Ça marquera les fiançailles, dit Antoine.

Il était entré dans la maison d'Arnaude.

— Tu es à moi maintenant, il avait encore dit.

Arnaude avait commencé d'allumer le feu pour faire cuire le premier dîner qu'ils devaient manger ensemble.

Elle pense aujourd'hui :

« Longtemps de tout ça ! Depuis, des civets et des civets et des pommes de terre et des coulis de tomates, nous en avons mangé à notre même table et toujours dans des bonnes paroles. D'abord avec mon père et Nans et puis sans mon père, après le mariage, et puis sans le berger quand Nans est mort. Mais des autres sont venus, les petits, Félicien, Joseph... Maintenant, y va y avoir celui-là en plus. Si c'était une fille, ça me plairait, mais j'ai guère idée, je suis mère de garçons, parce que j'ai trop de force, sous mon air de rien. »

Une douleur, qui la traverse encore en coup de couteau, la réveille de ses rêves. Dans le silence des bois refermé autour d'elle, comme une étoffe molle, elle entend les chocs de sa mâchoire que la souffrance fait claquer. Elle s'appuie contre un pin et se courbe à nouveau sur le poids de son ventre. Une grande ondulation soulève sa chair. Attentive à cet appel intérieur qu'elle est seule à percevoir, elle murmure d'une voix tendre :

— Oui, petit, oui...

Il lui semble qu'un mouvement du dedans lui a répondu.

Elle en retrouve une force. Elle se redresse et crie à nouveau :

— Antoine ! Antoine !

Elle tend tous ses sens vers le bruit possible, en dehors du froissement des feuillages et l'air lui apporte enfin le cri lointain qui répond à son cri :

— Hé-ô !

Alors, tout de suite, une douceur s'épand dans elle, qui apaise son mal. Elle peut rentrer. Elle sait que Félicien est monté chercher la femme de Bramafan qui fait l'accoucheuse et qu'ils vont arriver tous ensemble. Elle n'a plus qu'à attendre, Antoine sera là pour recevoir l'enfant.

II

Maintenant que tous ces temps de sa jeunesse et de ses maternités sont loin, Arnaude Desmichels, qui n'est plus qu'une femme aux bras vides, prend plaisir à se souvenir comment la vie a continué semblable, pendant encore douze ans après cette naissance. Sous la lumière jaune de la lampe à pétrole, les soirs, dans la cabane des charbonniers, il y a eu en plus, entre Joseph et Félicien, la belle petite figure d'Ollivier. Antoine les regardait, content d'avoir trois fils. Il disait :

— Quand il aura l'âge de ses frères, à quatre hommes nous ferons du bon travail. On pourra ouvrir un magasin de bois et charbons à Solliès ou à Bellaïgue, et on sera tranquille. Toi, mère, tu te reposeras, tu l'auras bien gagné !

Dans ses projets, il n'avait pas laissé une place pour la guerre.

Seulement elle était venue quand même et à coups de coude, elle avait choisi sa part.

Un après-midi qu'Antoine Desmichels et Félicien préparaient le four, avec Ollivier et Arnaude comme manœuvres, on avait vu arriver le facteur par ce chemin des bois où jamais d'habitude il ne venait.

Antoine lui avait crié :

— Ô Tesseire ! Tu es venu te perdre par chez nous ?

Mais celui-là, sans rire, ne fit que s'arrêter en lâchant d'un coup :

— Bonjour tout le monde, la guerre est déclarée.

On aurait dit qu'il reposait un moment par terre une chose trop lourde à porter.

Arnaude racontait en se rappelant ce 2 août : il était comme saoul cet homme, d'avoir cette grosse nouvelle à trimbaler d'un côté de l'autre. Et tout lui sortait à la fois de la bouche, tellement y voulait donner des détails : et que dans les villes chacun criait plus fort que le voisin et que c'était un coup des Allemands à cause d'une histoire qui s'était passée là-bas loin, dans des pays qu'on sait même pas s'ils existent, dans l'Autriche, au diable vert des terres, pour un archiduc, un genre de prince, qui avait été assassiné.

Mon pauvre Antoine, c'est tout juste s'il a pu placer :

— Celle-là, par exemple, elle est forte !

— Toi, tu as le temps, dit Tesseire, tu es de la classe soixante-et-douze, mais tes garçons...

Joseph était déjà soldat depuis l'année, et on me l'avait expédié du côté de l'Alsace. Félicien, il avait vingt-quatre ans, c'est vous dire s'il était bon ! Mais moi, j'avais pas compris tout de suite que pour ce nom de Dieu d'archiduc, qu'on connaissait ni d'Ève ni d'Adam, y fallait que mon aîné nous laisse là, avec le charbon en train, pour aller faire leur guerre.

— La mobilisation est affichée sur tous les murs, dit encore Tesseire. Allez... On a du travail ! Y faut que je monte à Bramafan pour prévenir.

Et il partit. Dans Bramafan, ce hameau de deux mauvaises maisons en haut de Grand-Cap, y faut croire qu'il y avait des jeunes, bons à prendre.

Félicien, de tout le temps, il avait rien dit. Il était resté tel que, avec, au bout des bras, la pelletée de terre qu'il jetait sur le monceau de bûches, quand le facteur était arrivé. Je regardais mon petit tout pâle et la pelle qui tremblait dans ses mains. Il me dit :

— Repasse-moi une chemise, man, y faut que je parte. Je suis du premier jour.

Les souvenirs marquants d'Ollivier dataient de cette époque. Jusque-là, il avait eu une vie libre d'écureuil dans ces bois de Grand-Cap, qui était presque tout ce qu'il connaissait de la terre. Il avait douze ans, il n'allait pas souvent à l'école. Quand les petits de Bramafan passaient près de la cabane, ils l'appelaient, mais lui, les quatre quarts du temps, se cachait derrière les fagots et les laissait descendre sans lui vers Solliès. Puis il faisait semblant de vouloir les rattraper et il allait s'allonger au bord de la rivière pour rester là pendant des heures à regarder couler le Gapeau. Pour le décider à remonter, il fallait que sa mère l'ait appelé cinquante fois et que son ventre creux lui ait parlé du dîner. Il s'arrachait toujours avec peine à ce grand plaisir de suivre des yeux ce qui se passait et de se laisser emporter tout entier par son rêve. Il lui semblait que ses veines se vidaient de son sang et s'emplissaient de cette eau verte et mystérieuse qui l'attirait.

— Celui-là, disait Antoine avec rancune, je le vois guère au charbon.

— Qu'est-ce que tu aimerais mieux? demandait Arnaude à son fils.

— Moi? Marin!

Il jetait ça d'un coup, sans hésiter, on voyait qu'il l'avait réfléchi, mais comme il était encore petit, on en riait.

— On verra si ça dure, disait son père.

— Ça me plairait pas beaucoup, soupirait Arnaude, de le voir partir sur la mer.

— Que veux-tu, les enfants, on les a pas pour soi.

Donc après ce jour de la mobilisation, la vie d'Ollivier changea. Pour Joseph, ce fut vite expédié. Il n'en arriva qu'une carte, tout à fait au commencement. Elle portait cette seule phrase :

« Maman, je pars au front. Vive la France ! »

Après on avait eu une lettre officielle pour dire que le soldat « Desmichels, Joseph, François » avait été tué dans une attaque à Poperinghe (Belgique). Arnaude s'était saoulée de ses larmes. Ollivier devait se souvenir longtemps de cette sensation de mouillé, qu'il retrouvait à toute heure sur les joues, les mains et les corsages de sa mère.

Enfin le père revint. Il avait été envoyé dans un dépôt, du côté d'Is-sur-Tille, dans un endroit si humide que lui, habitué au soleil et à l'air sec de sa montagne, il s'y était vu tout de suite perclus de douleurs.

Contre la poitrine d'Arnaude, Ollivier debout près de lui, il pleura la mort de son Joseph, si doux et qui lui apportait tant d'aide. Puis il voulut reprendre son travail de coupeur d'arbres et monter vers la forêt, l'outil sur l'épaule. Ollivier, qui avait pris la hache de Joseph, marchait derrière son père.

Un soir, tandis que le garçon fagotait des branches en écoutant les coups portés par les bras de l'homme dans le flanc d'un chêne près d'être abattu, l'énorme bruit de l'arbre jeté à terre le fit attentif d'un coup. Il s'étonnait que le père ne l'ait pas appelé pour attacher les cordes destinées à amortir la chute, il s'avança, il ne vit pas son père, le silence régnait autour du tronc brisé et seule, la fuite des bêtes délogées mettait quelque bruit dans la pinède d'alentour.

Alors, en regardant la terre, il vit que les ramures de l'arbre éclaté traînaient dans une matière épaisse et rouge qui était du sang. Les feuillages en étaient poissés et d'autres choses éparses, qui étaient les restes du corps d'Antoine, se mêlaient au fouillis des branchettes. Dans sa lutte contre le chêne, l'homme, abîmé par la guerre, avait été le plus faible et l'arbre, en mourant, l'avait tué.

Ollivier poussa un si grand cri, qu'un vieux voisin de Bramafan, qui travaillait non loin de là, était accouru, comprenant qu'un gros malheur était arrivé. Un gros malheur en effet. Si gros, après la mort de son fils, qu'Arnaude ne trouva plus de larmes. Les yeux secs, dans sa face ravagée, elle vit redescendre vers la cabane le corps détruit de celui qui l'avait faite femme et mère. Elle n'avait vécu que par Antoine et pour Antoine, elle savait qu'elle était comme morte.

Couchée seule le soir dans le lit où la place de l'homme restait marquée en creux, elle veillait, allongée sur le bord, comme si Antoine eût encore été là : « Je vais bien penser à lui », se disait-elle. Elle s'installait dans la présence d'Antoine, comme dans une joie, elle revivait les heures les plus oubliées de leur rencontre, et tout ce qui, depuis, était venu et puis était passé. Son mariage, le plaisir pris dans la connaissance de l'amour, la naissance des trois petits, la vie dure de charbonnier aux mains toujours sales, le bonheur de se trouver tous les cinq à table, aux repas, et d'avoir toujours à manger pour cinq et puis de s'endormir, la journée finie, contre le flanc solide de son mari, après avoir embrassé les trois garçons. Elle pensait :

« On était pauvres, oui, pauvres, on l'a toujours été. Mais on était heureux, aussi, bien heureux ! Ça aurait pu durer, un bonheur comme ça, c'était un bonheur de petite flamme, qui devait offenser personne. On se demande pourquoi ça n'a pas pu continuer ? Les guerres, qui aurait supposé que ça pouvait encore arriver ? On croit que ces choses, ce sont de ces histoires d'Histoire de France, qu'on lit dans les livres de l'école, sans beaucoup s'intéresser, parce que c'est pas de votre temps. Et voilà que cette bête méchante était revenue à la vie et qu'elle avait tué Antoine et Joseph. Il y avait encore Félicien, qu'elle tenait entre ses pattes, cette Tarasque qui crache la Mort... »

Félicien était dans la Meuse, il n'écrivait pas beaucoup. On ne savait jamais s'il était vivant.

« Oui, nous étions heureux, elle pensait encore, on ne peut pas être malheureux, quand on s'aime. Voilà, c'est ça, il faut s'aimer, alors tout marche bien. »

— Nous avons du pain à manger, disait Antoine dans le temps.

Elle, elle disait :

— Et nous nous aimons bien, tous les cinq, c'est ce qui compte. Parce que tu le sais, mon Antoine, l'amitié, c'est le pain des pauvres. C'est ce qui leur fait paraître le pain bon, même quand il est dur et qu'y a pas de fricot avec. Cette grosse amitié des uns pour les autres, l'amour, si tu veux...

— C'est vrai, disait Antoine.

Et aujourd'hui même, où elle était privée de son mari et de Joseph, comme de ses deux bras, elle réfléchissait que, si elle pouvait encore trouver la force de vivre et de faire vivre Ollivier, c'était parce que, de cet amour qui est bon comme le pain, elle s'en nourrissait toujours, malgré la mort de ses deux hommes.

« Même que tout soit réduit en cendres, autour de moi, je continue à manger de cette bonne chose qui vous fait remonter le courage au cœur, quand le sang vous abandonne jusqu'au bout des doigts. Oui, clouée sur ma croix par les pieds et par les mains, avec cette couronne d'épines qui m'écorche la tête, si je me prends le courage de rester sur la terre et de parler à mon petit, c'est que cette grosse nourriture de cœur, même la mort a pas pu me la lever de la bouche. La mort, qu'est-ce que c'est contre l'amour ? Qu'est-ce que c'est, qui est quelque chose contre l'amour ? Rien. Et qu'est-ce qu'y peut y avoir dans la vie pour le remplacer ? Rien. Tout le reste, l'argent, le luxe, tout ce qui fait courir les gens comme des petites aragnes, c'est rien. Et quand on l'a, cette bonne chose, on comprend la raison de vivre. Voilà ce que je crois. »

Ses nuits se passaient dans ce radotage de tendresse. Le jour, elle faisait ce qu'une femme fait dans une maison, quand elle est pauvre et qu'elle n'a qu'un enfant pour lui aider.

Un matin, elle descendit à la mairie de Solliès pour toucher l'argent de la perte de ses hommes.

— Vous devriez faire les démarches afin de faire revenir votre Félicien, lui dit le maire, il est soutien de famille à présent.

Elle écrivit ce qu'on lui dit d'écrire, ne pouvant s'imaginer que cela suffirait pour arracher Félicien à la guerre. Pourtant autour d'elle, on lui promettait que ça allait réussir, alors, de temps en temps, elle était encore contente. Mais les démarches commencées cessèrent d'un coup. On lui apprit que le soldat « Desmichels, Félicien, Auguste » était porté disparu. En remontant de la mairie, après avoir su cette nouvelle, elle s'assit dans la cuisine, sans éclairer, tassée sur la chaise basse et les mains ouvertes sur les genoux.

— Ils me sont tous morts maintenant, dit-elle. Joseph, ç'a été le feu de la Tarasque qui m'y a brûlé le cœur. Mon pauvre Antoine, mon bon homme, ces arbres, que pour moi, il en a tant tués, ils se sont revengés : de son corps, ils ont fait une chose morte. Et maintenant, c'est Félicien... Celui-là, je m'étais bien imaginée de le revoir. On se fait des idées. « Mon aîné, je pensais, peut-être que la chance me le laissera ? Il fera souche à son tour et des autres enfants, qui seront encore un peu miens, se serviront plus tard de la hache d'Antoine. » Oui, je me donnais cet espoir, mais maintenant qu'est-ce qui me reste ? Pas grand-chose, sauf ce garçon, trop petit pour se gagner sa vie.

— Ollivier ! elle se mit à crier, Ollivier je te vois pas ?
— Je suis là, mère, dit Ollivier, devant vous.
— Ah ! viens ici ! dit Arnaude, viens vite, viens ! qu'ils me sont tous morts et que j'ai plus que toi !

Le serrant contre elle, elle resta ainsi immobile dans un coin jusqu'à la nuit. A la lueur changeante des quatre bouts de bois brûlant dans l'âtre, Ollivier voyait remuer la bouche de sa mère remâchant pour lui les heureux souvenirs de son autrefois.

III

Surtout, sans se lasser, elle lui parlait des Desmichels. Elle lui racontait comment elle était d'une des plus pauvres familles du pays et que son père était venu à Bellaïgue, un jour, avec une petite voiture d'aiguiseur, qu'un gros chien jaune, attaché par-dessous, lui aidait à tirer. Il avait perdu sa femme un an avant et, pour gagner sa vie, il traînait sur les routes, depuis les Alpes, cette petite fille maigre qui avait des yeux courageux. Elle courait les fermes pour y ramasser les ciseaux et les couteaux-scie à affûter. C'est dans les grasses prairies de la Guirande où il cueillait des cerises, vers la fin mai, qu'elle avait rencontré Antoine Desmichels. Comme elle passait, au bord de l'eau (et elle avait déjà le goût de son fils Ollivier pour tout ce qui passe), il lui avait, manière de rire, jeté du haut de son échelle un bouquet des rouges fruits. Le père Desmichels, près de ses sous comme pas un, avait grondé :

— Tu es pas fou ? Des cerises qui se vendent encore dix francs le kilo, à une mendigote pareille ?

Le dimanche suivant, ils s'étaient retrouvés sur la place de Solliès, Arnaude tournait autour des cordes qui encerclaient le bal. Elle se trouvait minable avec sa robe déteinte, laissant voir ses longues jambes, brûlées par le soleil des routes. Il n'en manquait pas de plus jolies qu'elle, autour de l'estrade où les musiciens, entourés de guirlandes, soufflaient dans leurs cuivres avec des bouches qui la faisaient rire. Pourtant Antoine avait planté là sa cavalière, une fille de cafetier riche, et il était venu l'inviter à danser.

Pour ce geste, et ceux qui avaient suivi, elle se sentait encore, trente ans après et Antoine mort, une reconnaissance qui lui amenait les larmes aux yeux. Elle se revoyait, regardant avec envie les jeunes élégantes qui se moquaient d'elle. Cette riche famille Desmichels, une des plus anciennes de la région, en faire partie était à ses yeux un honneur dont elle n'était jamais lasse.

— Les biens chez les Michels, disait-elle à Ollivier, c'était entretenu, soigné et nourri comme leurs filles, avec ce qu'il y avait de meilleur. Toutes les fois que tu mettais le pied dans de la bonne terre, gorgée d'engrais et que tu disais :

— De qui c'est, ce beau morceau ?

Tu étais sûr qu'on te réponde :

— Ça ? C'est des Michels.

Et le jour de la fête du pays, la plus jolie fille que tu voyais, si tu demandais :

— Quelle c'est, celle-là, si bien pimparée ?

On te répondait encore :

— Celle-là ? C'est une fille des Michels.

A force de dire : « les terres des Michels, les filles des Michels », Desmichels leur était resté.

A voir ce fils de grosse famille la vouloir pour sa femme, contre le gré des siens, Arnaude s'était volontairement chargée d'une dette qu'elle pensait n'avoir jamais pu payer, même avec cette vie de travail et d'enfants qu'elle avait donnée à Antoine.

Pourtant, de leur argent, elle n'en avait guère profité.

— Tu la veux ? avait dit le père Desmichels à Antoine, tu pourrais prendre la fille Guillot de la soierie, ou Solange du café des Acacias, qui auront des sous, mais non, il te faut cette coureuse de route, cette petite de rémouleur qui tire la voiture, à côté du chien, cette romani qui vient des pays plus loin que les Alpes...

— Je la veux, avait dit Antoine.

C'était de tout petit, un garçon doux, un peu renfermé. Il ne répondait jamais mal, seulement il ne faisait que ce qu'il s'était dit de faire.

— Bon, prends-toi-la. Emporte tes quatre frusques,

que c'est tout ce qui te fera souvenir de la maison et ne compte jamais que tu auras rien autre de moi.

Et il lui avait jeté son paquet.

Antoine allait sortir, le père avait dit :

— Attends !

Sur ses grosses jambes, droites et dures comme deux morceaux de chêne, il s'était planté au milieu de la cour. Il avait appelé :

— Sébastien, Pierre, Florestan !

C'étaient ses garçons.

Puis :

— Rosine, Louise, Marguerite !

C'étaient ses filles. Il avait en tout sept enfants vivants.

Enfin, il avait crié vers une fenêtre :

— Félicie, descends un peu !

C'était sa femme.

Quand ils avaient tous été là, il avait dit à Florestan :

— Sors dehors et ramène-moi les valets et les serviciales.

Les domestiques, qui savaient déjà l'histoire, entrés en tremblant, s'étaient massés devant lui.

Il avait dit au berger :

— Nans, fais sortir les moutons des étables et fais-les venir.

Ce berger, il était dans la famille depuis avant la naissance des petits et justement il aimait bien Antoine. Et comme il savait de quoi il retournait, il était obligé de plisser ses vieilles paupières autour de ses yeux bleus, pour empêcher les larmes d'en couler. Il avait obéi et les moutons, maintenant, se pressaient autour de lui, avec des bêlements. Pendant ce temps, sur l'ordre du maître, un des valets avait bien arrangé à côté tout ce qui sert à la terre : les charrues et leurs socs de rechange, la planche à lisser, la herse épineuse comme une arête de muge, la batteuse à blé, la bateleuse à paille, les longs râteaux à foin, les pioches, les bêches, les fourches, les pelles, les bineuses, les semoirs, les faux, les faucilles, les pierres d'aiguisage dans leurs gaines de bois. Il s'était assis sur le tas et regardait, sans trop comprendre ce qui allait arriver.

— Jean, avait dit le maître au valet d'écurie, ouvre les portes des granges.

Les hautes portes avaient glissé sur leurs rails de fer et livré à la lumière leur trésor précieux de sacs de blé et d'avoine, bien arrangés les uns au-dessus des autres, comme font les fourmis pour leurs grains.

— Ouvre les portes des caves, maintenant.

Et les caves avaient montré dans leur obscurité fraîche les rondeurs des muids, des demi-muids, des bordelaises et les flancs violets des foudres où bouillait doucement le vin de l'année.

Seize hectares plantés de vignes fournissaient l'Alicante noir, la Clairette blanche, la Grenache à petits grains, l'Aramon énorme, l'Ugni doré comme un coucher de soleil.

Près des tonneaux, dans un coin, six jarres de faïence jaune contenaient chacune trois cents litres d'huile d'olive. C'étaient les collines de Combe-Noire qui la donnaient. Sur celles des Fumades et des Trois-Chênes c'étaient plutôt des amandiers. Vers le bas de la terre de Plan-Bernard, là où elle venait tremper ses herbes dans le Gapeau, il y avait deux rangées de noyers. C'est pour ça qu'auprès des sacs d'amandes, il y avait des sacs de noix. Ça faisait les desserts d'hiver, avec les figues mises à sécher sur des cannisses et les pommes que les pommiers de la Guirande donnaient à les jeter.

Le Maître étendit un large regard sur ces choses, puis il dit :

— Nans, fais sortir les chevaux.

— Les chevaux, Maître ?

Il n'avait pu se retenir de dire ça, malgré le respect qui lui avait, jusqu'à cette minute, cloué la langue.

« Les chevaux. Faire sortir les chevaux ? Tous ensemble ? »

— Oui, dit la voix dure.

Quand le grand-père du Maître était mort, celui qui avait acheté le Domaine ; quand le père était mort, et puis le jour où le Maître avait amené ici cette belle fille riche qu'il avait épousée ; et puis les sept jours où les enfants étaient nés : Sébastien, Pierre, Florestan, Rosine, Louise, Marguerite et le plus gentil de tous, cet Antoine, qui se tenait là, seul comme un criminel ; tous ces jours, le Maître avait commandé à Nans, comme au plus respecté après lui :

— Nans, fais sortir les chevaux.

Et chaque fois, soulevé par l'allégresse de son cœur fidèle, il avait poussé devant lui les trois gros percherons : « Coco, Bijou et Jeunhomme », puis les deux juments que les petites avaient appelées : « Ma belle » et « Ma douce » ; enfin dans le désordre de leurs crinières encore longues, les poulains de la saison. Et il leur avait fait faire trois fois le tour de la cour, selon la coutume.

Mais aujourd'hui... pourtant il fallait obéir quand même, et le berger, qui était entré à la ferme sur les bras de sa mère, connaissant bien le maître, comprit qu'il allait se passer une terrible chose triste et contre le vieux Coco qui tremblait de vieillesse il se mit à trembler de peur.

Pourtant il mena les chevaux autour de la cour en rond et chaque fois, comme il savait qu'il se devait de le faire, en passant devant le Maître, il leur tirait la tête pour les faire saluer.

Quand ce fut fini, il les poussa tous dans le coin des écuries et il resta debout auprès d'eux. Pas une seconde, son regard de lin bleu ne s'était heurté à celui de quelqu'un.

Alors, quand tout fut dans cette vaste cour où toutes les bâtisses du Domaine ouvraient leurs portes montrant les richesses qui en débordaient ; quand tout le monde put bien voir l'entassement des sacs de grains, les tonneaux dans les caves et les balles de paille dans les greniers, sous les poutres où séchaient les jambons depuis qu'on avait saigné le porc ; quand toute la place fut prise par le bondissement des agneaux collés aux ventres de leurs mères, des grands béliers aux cornes enroulées, des moutons, des chèvres, des chevaux et des ânes, alors, le père Desmichels appela encore sa femme qui pleurait, assise sur la pierre de seuil de l'étable.

Michel, son préféré parmi les quatre chiens de sanglier qui vivaient à la Guirande, s'était couché sur ses jambes et elle lui avait posé sur la tête sa vieille main.

— Félicie, dit l'homme, va chercher le coffret.

Elle se leva d'un coup, toute droite dans sa robe de

laine grise qui lui touchait les pieds et elle serra ses doigts contre sa poitrine.

— Tu as entendu ? dit-il.

En obéissant, Félicie pensait que ce coffret c'était celui où son père et sa mère à elle, des Venel de Méounes, gros fermiers, avaient mis leur argent pendant des cents ans. Et qu'aujourd'hui, si elle avait peine à le serrer contre elle c'était, d'abord parce que ses mains étaient sans force, ensuite parce qu'il était beaucoup plein.

— Leurs banques de voleurs, j'en ai pas besoin, disait Desmichels. Mon argent je sais me le garder tout seul, les fusils sont là pour ça.

Dans la grande salle où l'on mangeait, ils étaient cinq, les fusils, bien rangés aux râteliers, depuis l'énorme fusil à piston du grand-père, gardé par souvenir, jusqu'au dernier venu, un Hammerless fin et rapide comme un trait de feu.

Donc, tout l'argent de la maison était là, dans ce petit coffre de merisier et Félicie en tenait à pleins bras le couvercle qui ne fermait plus.

Le père le prit et le posa sur le large flanc d'une jarre à huile renversée. Il en sortit tous les papiers, tous les billets de banque, tous les titres. Il les étala sur la grande table, devant la grange. A côté, il fit sept tas des pièces et des billets.

Tout le monde le regardait sans dire un mot. Marguerite et Louise s'étaient approchées de leur mère, Rosine qui était la dernière et la plus tendre, lui avait passé son bras derrière les épaules et lui rangeait les mèches de cheveux gris que la sueur lui collait au front.

Antoine était debout près de la grande porte charretière qui donnait sur le dehors.

C'est à ce moment que son père se retourna de son côté.

— Approche, toi, dit-il.

Antoine fit trois pas et se trouva au centre du groupe que formaient les gens, les bêtes et les richesses de la ferme.

— J'ai pas été bon pour toi ? demanda-t-il au garçon.

— Oui, père.

— Comme à tes frères, comme à tes sœurs, est-ce que

je ne t'ai pas fait ton droit, depuis vingt-trois ans que tu es né ?

— Vous me l'avez fait, père.

— C'est déjà heureux que tu le reconnaisses !

Il le regarda au fond des yeux, Antoine baissa les paupières.

— Bon. Maintenant tout ce que j'ai réuni dans la cour de la Guirande, je l'ai réuni, je pense que tu en as compris le pourquoi. Je l'ai réuni pour que toutes les oreilles, aussi bien celles des bêtes que celles des gens, pour que toutes les oreilles de la maison, t'entendent répondre à ce que je vais te dire.

« Et pour la première fois, je dis ces choses à un de mes fils. Et pour la dernière fois aussi, car tu es mon aîné et ce qui sera réglé pour toi, aujourd'hui, sera réglé d'office pour les autres qui se mettront dans le même cas. Vous avez compris ?

Il abandonna du regard Antoine immobile et chercha la soumission dans l'attitude de ses autres enfants. Et tous cachèrent leurs regards sous leurs paupières, même ceux qui avaient envie de désobéir.

Satisfait, il continua :

— Alors, voilà ces choses. Écoute bien, Antoine, parce que je ne dirai pas deux fois pareil. J'ai beaucoup travaillé dans ma vie. A neuf ans je conduisais déjà les brebis de mon père sur les flancs de Grand-Cap et de Bramafan. Cette ferme de la Guirande, quand mes pauvres parents me l'ont laissée, elle avait juste sa vieille bâtisse du milieu, avec à côté, s'y retenant pour pas tomber, un hangar à troupeaux. Nans, tu étais déjà là de ce temps, hé ? Tu peux dire si je mens ? C'est moi-même, avec toi comme manœuvre, que nous avons dressé la première grange. Quand Félicie Venel, ma femme, que je dise encore devant tout le monde le respect que j'y dois, comme à une femme brave au-dessus de toutes, quand elle m'a apporté, plein de sous d'or, le coffret qui est là ici, avec cet argent, j'ai cru bien faire d'acheter quatre tombereaux de bulbes de narcisses. Après, j'y ai ajouté des tulipes d'Ollioules, des oignons à lys et des freesias. De tout ça, j'en ai farci les terres, pas vrai, Nans ?

— Oui, Maître, dit le berger.

— Et des arbres, dis, Nans ? Nous en avons planté des arbres, hé ?

— Oui, Maître, beaucoup des arbres.

— Si, à chaque, nous avions mis une pièce de vingt sous dans la manche d'un vieux tricot, les mailles auraient fini par en péter, pas vrai ? A la fin, comme de juste, de tout ce travail, y m'est venu de l'argent et je crois pas que personne ici me le regrette, parce que je l'ai bien gagné.

Un mouvement parcourut le groupe et abaissa toutes les têtes dans une affirmation. Il y eut un silence, parce que le père Desmichels reprenait son souffle. On entendit le bêlement impatient d'un agneau.

— Après, reprit le fermier, quand à l'entour de la Guirande, et vous pouvez les voir encore par le portail, les arbres à fruits ont eu tout rempli et quand les prairies ont eu donné le foin pour les bêtes, j'ai commencé d'acheter d'autres biens.

« Y m'est né quatre fils et à chacun de ces bonheurs, que le Bon Dieu m'envoyait, j'ai acheté. Pour toi, Antoine, mon aîné, ç'a été Plan-Bernard. Pour Sébastien : les Fumades. Pour Pierre : Combe-Noire. Pour Florestan : Les Trois-Chênes. Les filles ; elles ont leur dot toute prête en argent et en maisons. Je préfère pas leur donner des terres, comme ça elles pourront épouser n'importe quel feignant de bureau de Toulon ou de Marseille, sans qu'y me gâche mes cultures.

Marguerite pensa à son Richard, employé à l'Arsenal de Toulon.

— Mes fils, c'était pas pareil. J'avais toujours pensé qu'y préféreraient se faire couper la main droite plutôt que d'abandonner ces biens, que si la sueur pouvait servir de fumure, avec moi les marchands d'engrais auraient fait faillite. Entre les quatre morceaux, j'ai planté plus de dix mille Américaines. Et pas une qui ait pas été greffée de cette main.

Il s'arrêta de parler pour ouvrir et refermer ses doigts en les regardant.

— Et le raisin est venu. Et le vin a rempli les tonneaux. Il est bon mon vin, vous le savez, vous le buvez tous ! Après, dans le haut, là où les bruyères et les cistes mangeaient la terre, j'ai fait défricher. On a porté le feu et la hache dans les broussailles. Des sangliers en sortaient, la nuit, pour venir déterrer les pommes de terre... Heureusement que nous autres, les paysans du Var, nous allons pas aux champs sans le fusil. Jamais on a tant mangé de lièvres, hé, Nans ?

« Et le blé a rempli tous les espaces vides. Il a fallu bâtir les greniers. Cette fois j'ai fait venir les maçons et on a planté la branche de pin sur le toit, le soir même du baptême de Louisette. Y s'en est rôti des poulets ce jour-là ! On avait fait un feu d'enfer dans cette cour et tout a cuit sur les braises. Tu te rappelles, Félicie ?

« Après, de temps en temps, j'ai pu me reposer. J'ai commencé d'aller un peu plus souvent à la chasse ou à Toulon que tu m'y menais avec le boghei, pas vrai, Antoine ? Tu avais voulu le boghei. Tu disais : « Tous les gros fermiers de par là en ont un. C'est bien commode pour porter les paniers de primeurs à la gare. Et puis le dimanche, on peut tous aller manger sur l'herbe à la Chartreuse de Montrieux. » J'ai acheté le boghei. Il aurait plus manqué que ça, que quelqu'un ait une chose que nous n'avions pas. Ça aurait pas été la peine de tant suer !

« Tout marchait bien. Il est encore venu Florestan, puis Rosine. Et avec la femme, on disait le soir dans le lit : « Les moutons meurent pas, le vin se tient, les cerises se vendent, les filles se font belles et les garçons sont de force. Un de ces matins, y faut s'attendre à en voir un qui arrive nous dire :

— Ô père, ô mère, je voudrais bien prendre Mademoiselle Une telle, que ses parents font les cerises et qu'elle est charmante. »

« On calculait tous les deux : « On dira oui tout de suite pour pas le contrarier, parce que de sûr, y pourra que bien choisir et on leur bâtira quatre pièces et une remise sur leur terre. »

« C'est dire qu'on avait prévu le coup.

« Mais de là à croire que mon aîné, celui que le jour où il était venu au monde, j'avais été si fou de joie que j'avais marqué sur le calendrier de la cuisine, en date du 4 mai : « Jour du petit », ce serait lui qui me mènerait là où j'en suis aujourd'hui, ça non, je l'aurais jamais cru ! Alors voilà : Antoine, je t'ai tout dit maintenant. La fille que tu veux prendre, je la veux pas. Je veux pas que tu l'emmènes à la maison s'asseoir entre ta mère et tes sœurs. C'est pas que j'ai rien contre elle, je l'ai un peu vue sur la route et le jour qu'elle est venue chercher les faucilles pour aiguiser, elle est beaucoup maigriote et noire pour mon goût. De ton âge, j'aimais mieux les filles grasses comme les cailles de vigne, mais chacun ses idées, c'est pas pour ça que je te contrarie. Non, seulement c'est le sang qu'elle apporterait ici qui me plaît pas. Si j'étais sûr qu'elle soit comme la jument de Roubieu qui a jamais su pouliner, je te dirais : « Prends-la. J'en serai quitte pour pas la regarder, si je la trouve trop laide. » Mais des enfants de rouleurs de route, des petits-fils d'amoulaïres qui ont des chiens jaunes traîneurs de voitures dans leurs ancêtres, j'en veux pas. Tu as compris ?

« Des garçons qui raconteraient à leurs collègues de l'école, que leur grand-père criait : « Couteaux, ciseaux » sur tous les chemins de France, des filles qui grandiraient, avec toujours l'envie de passer le portail pour aller courir dans la poussière, je n'en veux pas, tu as compris ?

« Et je te dis ça, je te le dis devant tout le monde : la Liberté, je te la laisse. Tu choisis. Voilà, tu vois, d'un côté tu as ta part de tout...

A deux mains, le père fit le geste de prendre une part de chaque richesse et de la présenter à son fils.

— Voilà les chevaux, y en avait un pour toi, c'était Jeunhomme, parce que pour le labour, c'était toujours lui que tu prenais. Il est là. Voilà les moutons, voilà les chèvres, voilà les agneaux. Tu les vois ? Tu vois le vin, le blé, les sacs de pommes de terre, d'amandes, de noix ? Tu vois les jarres d'huile et ta part du cochon pendu aux solives ? Tu vois les charrues ? La tienne, c'est la plus jolie, tu te l'es choisie toi-même à Cavaillon. Et tu vois l'argent sur la grande table ? Il est partagé en sept tas. Voilà le tien.

Et le père poussa de la main un paquet de billets et de pièces du côté d'Antoine.

— Et puis y avait une chose aussi que je voulais te donner quand tu quitterais la Guirande pour te marier. Et ça, c'était la plus belle de toutes, parce qu'il y a ni or, ni argent, ni moutons, ni chevaux pour payer la fidélité d'un cœur. Et ça c'était Nans : Nans, tu as compris ? Ça me faisait joie de penser que le berger s'en irait dans ta nouvelle demeure avec toi et qu'y tiendrait tes petits entre ses jambes, comme y t'avait tenu.

« Seulement Nans, il est comme moi, les petits de Roumi, il les garde pas, il a pas envie d'attraper des puces, pas vrai berger ?

« Alors regarde bien, garçon. D'un côté tu as tout ça. Je te l'ai fait voir en détail. De l'autre, tu as la route et ta fille. Qu'est-ce que tu prends ?

On entendit un cri :

— Desmichels !

C'était la mère qui avait crié.

— Desmichels, laisse-le réfléchir !

— Réfléchir ? dit le père. Mais y a un an qu'y réfléchit.

Antoine s'était retourné vers sa mère et il avait fait deux pas vers elle.

— Arrête, dit son père. Tu embrasseras pas ta mère tant que tu auras pas choisi ! Vous voyez, tout le monde, je lui laisse la réflexion. Jean, donne-nous à boire, j'ai tant parlé contre mon habitude, que la pépie me colle la langue.

Son large visage rouge était tout mâchuré de plaques jaunes et, dans le fond de ses yeux, des fibrilles de sang traînaient sur deux lacs gris. C'étaient les seules marques de sa colère.

Le valet disposa les gros verres sur la table où était l'argent.

— Donne le vin de Plan-Bernard, qu'Antoine le goûte encore un coup, puisque ça vient de sa terre.

Quand tous, fils, filles, valets, servantes, eurent rempli et vidé leurs verres, sauf Félicie qui pleurait trop, et Nans et Antoine et le père, malgré leur émotion, avaient bu, car on ne jette pas plus le vin que le pain, Desmichels dit :

— Alors ? Ça y est ce coup ? Tu as réfléchi ?

— Oui, dit Antoine.

Et le silence posa sur tous les bruits un couvercle de plomb. Une seule voix le perça, le chant d'une poulette de l'année, si heureuse d'avoir pondu son œuf.

— Ça, ou la fille ? dit le père, montrant la maison et la route.

— La fille, dit Antoine.

Il sortit sous la voûte ronde du portail. Son paquet de vêtements avait été posé contre la borne. Il le chargea sur son épaule et on le vit prendre le chemin de Solliès.

— Allez, occupez-vous des bêtes, dit le Maître, on a perdu assez de temps.

Alors Nans s'en alla doucement, puis se mit à courir sur ses vieilles jambes, dans le chemin d'Antoine.

— Nans, cria le Maître, où tu vas ?

Le berger ne se retourna pas.

Desmichels saisit la dame-jeanne de vin à demi-pleine et l'écrasa contre le portail.

Arnaude aimait beaucoup raconter cette histoire. Ollivier restait dans l'ombre sans bouger. A la fin, sa mère demandait :

— Tu dors ?

— Non, disait Ollivier.

— Voilà ce qu'il a fait, ton père, disait Arnaude.

IV

Antoine n'avait jamais été pardonné. Son acte d'indépendance avait été la première lézarde dans cette solide maison. Nans parti, le nouveau berger soignant moins bien les moutons, il y eut des pertes. Le mari de cette femme, que Sébastien fréquentait, vint un soir à la Guirande, saoul comme un cochon, « pour casser la tête au fils Desmichels ». Il fallut, pour le sortir de la cour, l'aide des valets qui riaient entre eux. Deux ans plus tard, un beau matin, on trouva vide le lit de Marguerite. Au petit jour, elle était partie, par la même route qu'Antoine et on sut qu'elle avait pris le train pour Toulon, où l'attendait ce Richard auquel elle s'était déjà abandonnée après les bals de villages. Elle écrivit à son père, qui ne lui répondit jamais. Elle avait eu soin, avant son départ, d'ouvrir le petit coffre de merisier et de prendre sa bonne septième part de billets et d'argent. Le Maître déchira en quatre morceaux la lettre où elle lui demandait la permission de se marier et il dit :

— Ça fait encore un de moins dans la famille.

Ce soir-là, il mangea et but comme d'habitude, avec son même gros appétit auquel une poule bouillie entière et ses légumes ne faisaient pas peur après deux assiettées de bouillon. Il fit chabrot avec un verre de vin de ses vignes, puis ayant bourré sa pipe, il dit à sa femme :

— Allons nous coucher, que quand on dort, au moins, on pense à rien.

En passant, il ouvrit la porte sur le noir de la nuit et c'est là, sur le seuil, qu'il tomba, comme il était tombé après le départ d'Antoine, mais cette fois, on ne le releva que mort.

— C'est ses enfants qui l'ont tué, murmuraient les gens à l'enterrement. Antoine ni Marguerite ne parurent dans le cortège

D'ailleurs Antoine, à ce moment, vivait déjà de cette vie de bûcheron qu'il avait choisie. Ils étaient donc là-haut dans la montagne, avec Arnaude qui venait d'avoir Félicien, quand ils surent la mauvaise nouvelle.

— Vas-y toi, dit Antoine à Nans.

Et le vieux berger partit, du même pas et sous la même cape rousse de toute sa vie.

Il revint le lendemain. Les longues ravines qui reliaient son œil à son menton, dans son visage taillé en bois dur, semblaient creusées davantage et à raconter sa visite, une larme gelée y resta prise.

A la fin, il ouvrit sa cape et dit :

— Tiens, je t'ai rapporté ça, j'ai pensé que ça te ferait plaisir.

Ça, c'était un petit chien de trois semaines, un enfant de chien de sanglier, l'air intelligent avec des yeux candides pleins d'eau bleue comme ceux de Nans, et le corps déjà recouvert de poils argentés.

Malgré leur grosse peine, à le voir sur la table où le berger l'avait posé se tenir chancelant sur ses quatre pattes épaisses, le rire de tous éclata.

— C'est un fils de Michel, dit Nans, ou plutôt une fille, parce que c'est une chienne.

— Tu as eu bonne idée, dit Antoine.

Arnaude était venue le caresser, avec son petit Félicien de six mois sur les bras et comme l'enfant, ravi, avait avancé sa menotte vers la tête du chien, celui-ci avait mollement léché les doigts tendus du petit.

— Y sera brave, dit Arnaude.

— On l'appellera Michelle, dit Antoine, du nom de son père. Berger, je te dis bien merci. Dans mon malheur, tu m'as fait une grosse joie.

A la Guirande, une tristesse lourde pesait sur tout. Quelques mois après la mort du père, Sébastien avait fait divorcer cette Madeleine Roussel qui avait un si mauvais mari et il l'avait épousée.

Elle était d'ailleurs douce et sage et s'entendait bien

avec ses belles-sœurs, mais les valets ne pouvaient s'empêcher de juger entre eux que du vivant de l'ancien Maître, ça ne se serait pas passé ainsi. Mais le Maître, maintenant, c'était Sébastien, alors on se taisait. Quand il fut marié, il fit venir Marguerite et son Richard au Domaine et leur remit leurs titres de propriété d'une maison à Bellaïgue et d'une autre à Solliès-Ville.

Puis il fit dire à Antoine de venir le voir, « parce qu'il entendait faire le droit de tout le monde ».

Antoine repassa, par un matin de soleil, le portail de ce riche domaine, qui, tout entier étalé devant lui avec sa fortune, avait moins pesé que son amour pour Arnaude. Il alla embrasser sa mère dans le lit où elle restait couchée depuis la perte de son mari, terrassée par cette série de malheurs imprévus. Il trouva Rosine embellie et Florestan devenu grand, enfin, il alla s'enfermer avec Sébastien dans la salle ronde et ils parlèrent.

Il apprit alors que la rancune de son père avait été si tenace qu'elle lui avait fait vendre en secret cette terre de Plan-Bernard, promise à Antoine, pour être sûr qu'il ne l'aurait pas. Elle avait été achetée par un monsieur de Toulon, qui la laissait à l'abandon.

— Il n'en avait rien confié à personne, dit Sébastien. Je l'ai vu dans ses papiers. Seulement, l'équivalent je peux pas te le donner. Dans son gros mouvement de rancune, le père avait refait six parts au lieu de sept. Pourtant je trouve juste que tu aies quelque chose et les frères sont de mon avis. Alors si tu veux, nous te donnons le grand morceau de forêt que nous avons au-dessus de Bramafan, sur ce flanc de ce Grand-Cap où tu as entrepris de faire le charbon. Ajouté à ce que tu as, ça te fera un gros morceau. Tu peux en tirer de bon bois, il y a longtemps que ça n'a pas été exploité. Ou bien si tu préfères défricher, quand ton fils sera plus grand, tu trouveras, à l'abri de la roche, de bons morceaux de terre de bruyère où tu pourras mettre des oignons de lys. Si jamais tu as besoin de la charrue, des autres outils et même d'un valet, tu n'as qu'à venir les prendre, tu es chez toi comme nous autres. En attendant, j'ai pensé à une chose juste que je dois faire. Voilà :

Sébastien avala sa salive et reprit un grand coup de

respiration, les os de sa mâchoire jouèrent sous la peau brune de son visage. Il reprit :

— Emmène Jeunhomme avec toi. Je te le donne. Y t'aime beaucoup et c'est un bon cheval, qui te servira pour descendre ton charbon dans la vallée. Tu es content ?

L'émotion serrait la gorge d'Antoine et le merci qu'il voulait dire n'arrivait pas à passer.

— Quoi que le père ait fait, dit encore Sébastien, tu restes l'aîné et en bonne règle, c'est toi qui devrais être à ma place aujourd'hui. C'est pas à moi qui ai fait divorcer ma femme pour la prendre, de te donner tort d'avoir voulu la tienne contre la volonté de tous. Le jour qu'y a eu cette scène terrible dans la cour, j'aurais voulu t'embrasser, tellement ton courage me plaisait, mais la colère du père me faisait peur, alors, laisse-moi le faire maintenant.

Il prit maladroitement Antoine dans ses bras et ils frottèrent l'une contre l'autre leurs joues piquantes de poils durs.

— Et n'oublie jamais que je suis ton frère, dit Sébastien pour finir.

Quand Antoine quitta la Guirande, il montait Jeunhomme, le beau cheval à robe luisante, que de tout petit, il avait guidé dans les sillons. Et dans la poche intérieure de sa vieille veste de velours, il sentait la grosseur du portefeuille de son père, que Sébastien lui avait donné, avec cinq billets de mille dedans.

— Ça sera pour tes garçons, il avait dit, il te revient de droit. Tu resteras pas avec un fils, peut-être ? Nous, Madeleine est enceinte et ça sera que le premier, j'espère ! faut des hommes pour gouverner le Domaine.

Trois ans plus tard, chez les charbonniers de Grand-Cap, Joseph était né. Sébastien avait accepté d'être le parrain et il était monté avec sa fille Nine, embrasser le nouveau Desmichels. Malheureusement, pas longtemps après, il avait pris froid en revenant de la gare, expédier des primeurs, sous un mistral glacé. On l'avait emporté à son tour dans le cimetière de Bellaïgue, jardin plus touffu, parmi les beaux jardins, du bord du Gapeau. Trois mois plus tard, c'était la pauvre Félicie, qui pesa aux bras des fossoyeurs aussi léger qu'une mésange, tellement son chagrin lui avait rongé toute chair. La belle Félicie Venel, fille des riches fermiers de Méounes, qui avait été remplie et dure de pulpe, comme les cerises de ses vergers, était devenue une vieille, puis une morte qui n'importait plus à personne, sauf peut-être à quelqu'un qui n'en parlait jamais.

La Guirande avait perdu ses vrais Maîtres par le cœur. Ces toits de tuiles rondes, qui ont un siècle, que les pluies et les soleils ont gonflés, ont séchés, dont le rouge vif est devenu pâle et qui se laissent dévorer par les lichens, ça dure... ça dure... puis un jour, un morceau se casse et alors, tuile après tuile, tout le toit se détruit et la pluie se verse dans la maison.

Le Maître du Domaine, c'était Pierre à présent. Avec lui, Antoine ne s'était jamais bien entendu. Il avait pris l'orgueil du père, sans son esprit de justice, ni son bon sens. Sébastien disparu, sa veuve partit avec sa fille, vivre dans une petite maison qu'elle tenait de ses parents, aux Sénès. Rosine se maria avec un jeune de Méounes. Ce fut elle qui habita le bel immeuble de la Place à côté de l'église la plus ancienne de la région.

Pierre, ayant épousé une demoiselle Bannelier, cette Solange du café des Acacias, de Solliès-Pont, dont Antoine n'avait pas voulu, prit d'une main rude la direction du Domaine, avec comme première servante sa sœur Louise, restée vieille fille et que lui et Solange terrorisaient. Florestan, qui était encore jeune et le dernier de tous, s'était trouvé sous une tutelle de fer et s'était laissé, pour plaire à Solange qui savait l'entreprendre avec des caresses, dépouiller de sa terre des Trois-Chênes, sous prétexte d'un meilleur rendement. Un soir où il se sentit plus particulièrement écœuré de son frère et de sa belle-sœur, il passa, comme Antoine l'avait fait, le portail du Domaine et s'en alla. On devait rester près de vingt ans sans entendre parler de lui.

Antoine ne pensait pas plus à Florestan qu'à Pierre, pas plus à Louise qu'à Rosine. Il faisait sa vie à la manière de ces animaux qui ont leur famille dans un coin de forêt et n'en sortent guère.

Quand il était monté avec Nans et Arnaude, au long de cette pente de Grand-Cap, que couronnait, là-haut, une roche rousse, il était déjà plein de cette grosse espérance de creuser son trou dans la montagne hospitalière et d'y nicher, avec sa femme et les petits qui leur viendraient.

Avec l'argent donné par Sébastien, il avait pu agrandir la cabane. Aidé par le berger, il avait ajouté un hangar à bois, qui servait aussi d'étable. Il avait acheté une chèvre, des lapins, des poules, enfin un bélier et dix jeunes brebis, que Nans menait paître sur le plateau de Grand-Cap, où l'herbe courte se sale du proche vent de la mer.

Nans dans la montagne avec son troupeau, Antoine et Arnaude restaient seuls dans la forêt. Assise dans un creux de roche, Arnaude allaitait Joseph et surveillait Félicien, qui essayait d'arracher, par tout l'effort de son gros petit corps vigoureux tendu en arrière, la hache aisément enfoncée par son père. Puis posant Joseph endormi sur une couche de ramilles de pin, Arnaude aidait son mari à construire le four à bûches, à recouvrir de terre humide le monticule sous lequel allait brûler, à petit feu, ce bois, qui se changerait d'abord en charbon, ensuite en argent, puis en nourriture pour la famille.

C'est un de ces matins où ils étaient ainsi tous deux, unis jusque dans leur plus profond, tout à leur travail dans la paix et l'amour, qu'ils entendirent des appels et virent un cortège arriver vers eux à travers bois. Un homme de Bramafan, qui courait en tête, leur cria :

— Le berger !

Et il agita ses deux bras dressés en l'air, en remuant la tête.

Arnaude, ramassant Joseph et Félicien, voulut courir vers la clairière, mais Antoine qui avait peur de comprendre, lui ordonna :

— Descends vite à la maison, préparer un lit propre. Il est arrivé quelque chose à Nans.

Et seul, il alla vers le malheur pressenti.

Les hommes posèrent sur le sol, près de lui, le chariot à rondins, qui avait servi de brancard. Nans, ouvrant les yeux, regarda Antoine, penché au-dessus de sa misère et lui montrant son corps, il dit :

— Regarde.

Antoine souleva les vieilles vestes jetées à la hâte sur le berger et il vit la bouillie de vêtements et de chair meurtrie qui, à présent, remplaçait les bonnes jambes de Nans. Il avait pris dans sa main la main froide du blessé, sur leurs deux mains serrées où le tendre n'arrivait plus à se sentir, une larme, grosse et pleine de mal comme ces gouttes d'avant les orages, glissa de ses yeux. Un sanglot jeta hors de sa gorge les paroles :

— Mais qu'est-ce que c'est? Qu'est-ce que c'est?

— Une roche, dit l'un des hommes. Une roche y paraît, y se tenait dessus, et elle s'est détachée, ils ont roulé ensemble, il a dit, et puis à la fin la roche, elle lui est tombée sur le ventre et sur les jambes. Nous, on a entendu le bruit et le grand cri. On a couru, il a fallu se mettre à trois pour enlever le rocher. Il était plein de sang et de viande écrasée et sous lui, le berger était comme tu le vois.

Nans avait refermé les yeux.

— Vite, dit Antoine, vite à la cabane et allez tout de suite chercher le docteur. Ça se guérit, les jambes cassées.

— Pas comme ça, dit doucement Nans.

— Mais oui, dit Antoine, tu vas voir. Même s'y faut t'en couper une, on te guérira, va. Une jambe, qu'est-ce que c'est une jambe? Pourvu que tu sois là, avec nous?

Péniblement, le berger tourna vers Antoine son visage où déjà les doigts de la mort avaient enfoncé les yeux, étiré le nez, aminci les lèvres et vidé, dans sa grande aspiration, toute la chair des joues. Il plaça bien au milieu des yeux d'Antoine ses yeux qu'une grande résignation emplissait et il dit :

— Une jambe, oui, ça se coupe et on peut vivre. Mais un ventre, dis, tu le sais bien qu'un ventre, ça peut pas se couper?

Antoine regardait le ruisseau qui s'était mis à couler de la chair mâchée, par le dessous du brancard.

— Écoute, dit encore le berger, j'ai peur de pas arriver jusqu'à la cabane. Tu feras bien mes amitiés à Arnaude et aux petits, mais avec toi, je voudrais être seul une minute.

— Poussez-vous un peu loin, dit Antoine aux hommes.

— Bon, c'est ça, dit le berger. Alors, toi, mon Antoine, mets-toi bien contre moi, parce que j'ai plus guère de force et que pourtant cette chose, il faut... Soulève-moi.

Antoine passa ses deux bras sous le corps démoli et, dans le mouvement qu'il lui fit faire, un flot de sang sortit du pantalon ouvert sur le ventre.

Nans regarda ce sang qui emportait sa vie, puis il regarda Antoine. Sa main glacée se posa sur la tête qui touchait la sienne et il dit dans un soupir :

— Tu comprends...

Son corps bascula.

— Venez vite ! cria Antoine.

— C'est fini, dit un des hommes.

Pensant à ces derniers efforts du berger, Antoine, longtemps encore, devait se demander :

— Qui sait ce que c'était, ce qu'il voulait me dire ?

— La mort lui a levé la parole... disait Arnaude.

V

Oui, ce Nans, il avait de sûr un mystère, disait Arnaude, en retraçant à Ollivier la mort du berger. Ton père, bien des fois, il a essayé de s'imaginer, mais jamais il a pu se mettre dans la tête ce que ça pouvait bien vouloir dire, ce dernier : « Tu comprends... » sorti de l'agonie de cet homme. Ton père expliquait : « Je l'ai toujours vu. Quand j'ai ouvert les yeux pour ma naissance, il était déjà là, berger à la Guirande et guère plus jeune que mon père. » Et le pauvre Antoine racontait que tout petit, il prenait grand plaisir à aller garder avec Nans et à apprendre de lui à faire des sifflets avec des tiges creuses. Et que le soir, quand ils revenaient par les routes, avec le gros paquet de moutons derrière eux, le berger lui apprenait toutes les étoiles par leurs noms. Et encore qu'après avoir laissé ses yeux longtemps dans ce champ de lumières, Nans les mettait dans les yeux d'Antoine et il lui disait : « Ah, y en a des choses... »

— « Quoi ? » demandait ton père. « Rien », disait le berger. Et il se mettait à parler aux chiens. Ton père a pas deviné, c'est pas nous qui devinerons, ni toi ni moi. D'abord tout ça, c'est trop vieux maintenant.

Ainsi, pendant les longues soirées de cet automne, tandis que la guerre jetait à terre les jeunes corps d'hommes, comme Antoine, jadis, renversait les jeunes corps d'arbres, Arnaude se plaisait à retrouver dans ses souvenirs sa jeunesse et celle de son mari. Ollivier écoutait parler sa mère et jamais il ne trouvait que c'était ennuyeux. Il aimait à s'imaginer cette partie de vie qu'il n'avait pas connue, ce Desmichels, son grand-père, maître de cette belle Guirande et si dur pour ses fils ; ce berger Nans, qui avait un mystère et qui savait le nom des étoiles ; cet Antoine jeune et aux bras forts, qui était son père, et cette femme, sa mère, qui était alors, ainsi qu'elle l'expliquait : « Vive et coureuse comme une souris et toujours de bonne humeur, ce qui plaisait beaucoup à Antoine. » La voix d'Arnaude faisait revivre pour lui cette époque de la fondation : « Famille Antoine Desmichels. » Elle lui racontait comment, à leur montée dans la forêt, la première fois, ils avaient trouvé la cabane en bon état, mais à moitié cachée sous les énormes cistes et les chênes nains. Comment Nans et Antoine avaient commencé à porter la hache dans le fouillis et comment, elle, à mesure, faisait les premiers fagots et les rangeait contre le mur.

Enfin, ils avaient pu ouvrir la fenêtre et la porte, faire jouer les charnières en leur mettant de l'huile que Nans avait apportée dans une petite bouteille. « Tu penses à tout », avait dit Antoine. Après, ils avaient fait la chasse aux tarentes et aux araignées qui étaient devenues les maîtresses.

— Tiens, je me rappelle, même là où tu es assis de ce moment, il y avait tout un nid de petites vipères, mais ton père a eu vite fait de débarrasser tout ça !

Elle souriait de fierté à ce souvenir et Ollivier rêvait à ce père, si puissant dans sa jeunesse, qui rendait neuves les vieilles maisons.

— Et puis, quand ça a été habitable, le berger dit : « Maintenant, y vous faudrait des meubles. »

— Seulement, j'ai pas d'argent, dit ton père.

— J'en ai, dit Nans.

— Tu l'entends, celui-là ? dit ton père.

— Oui, moi je dis.

J'en avais beaucoup envie de meubles, mais ton père dit à Nans :

— Que toi, tu en aies, d'argent, c'est pas nous autres.

— Tu veux me faire peine ? dit Nans.

— Non, mais je veux pas te prendre tes sous.

Le berger se tourne vers moi :

— Qu'est-ce qui te plairait d'avoir, petite ?

Ton père me faisait les gros yeux, mais moi, tant pis, je dis :

— Eh ben, le nécessaire : un lit, une table, trois chaises, puisque nous sommes trois. Pour toi...

— Moi, dit Nans, une paillasse dans l'hangar que nous ferons, ça me suffit, je veux pas vous embarrasser dans la maison.

— Celui-là, alors ! dit ton père.

— Laisse parler Arnaude, dit le berger, elle a plus de bon sens que toi.

— C'est tout, je dis.

— Alors, si j'ajoute le nécessaire pour un ménage, en linge, en vaisselle et en casseroles, tu te trouveras contente ?

— Oh oui alors ! moi je crie.

— Elle est trop belle ! dit le berger. Tu as raison, elle vaut dix mille Guirande. Des filles comme ça, ça vous soutient mieux les maisons que les poutres de fer. Eh ben, demain, on ira à Toulon, faire la commande.

Moi, tu penses si j'étais heureuse ! Je m'étais jamais rien vu. Du temps de ma mère, nous faisions déjà l'aiguisage dans le pays de Piémont et pour maison, nous avions une remise dans une grotte de pierre. Et ma mère était toujours malade et rien de bien se faisait chez nous. Quand elle est morte et que nous avons pris la route de la France, par Coni et Barcelonnette, j'ai commencé à regarder avec envie les grosses fermes des Alpes, avec leurs vaches, leurs moutons, leurs récoltes bien engrangées et quand les femmes me faisaient entrer dans les salles pour me payer l'aiguisage, ah, alors, quelle jalousie j'avais de leurs garde-robes, avec les piles de linge bien rangées et les draps pliés les uns sur les autres ! A toujours coucher sur les routes, ce qu'on peut avoir envie de tout ça ! D'un toit qui vous empêche la pluie et le froid, d'une porte avec sa clé qui la ferme, d'une lumière que le vent vous éteint pas... Aussi tu peux croire qu'y avait pas plus heureux que moi, quand j'ai reçu les meubles et que je les ai placés dans la cabane.

— Je t'ai pris, en plus, un petit placard pour mettre le linge, me dit le berger. Il est en bois blanc, parce que je suis guère riche, mais un jour, de sûr, vous vous en payerez un en noyer.

J'arrêtais pas de rire, de courir partout. J'étais si contente d'avoir deux pièces, que j'allais tout le temps de l'une dans l'autre. Et avant d'y retourner, je tâchais d'oublier la première, pour me donner encore une fois la surprise.

J'avais quatre draps, six torchons et six serviettes-éponges. Je les rangeais bien dans le petit placard, à la plus haute étagère et avant, sur le bois nu, le papier bleu d'où ça venait, je l'avais bien découpé en dents pointues sur le devant et je l'avais étalé pour y placer mon linge. Je te le dis, le roi était pas mon cousin ! Sur la cheminée de la cuisine, j'avais mis tous les pots : « Sucre, café, farine, thé, et épices. » Mais du thé, j'en avais pas et des épices non plus, alors, dans « Thé », j'avais mis du thym et dans « Épices », du laurier, parce que ça sert pour les sauces et que comme ça, tous étaient garnis quand même.

Quand tout a été en place, je suis sortie dans le bois, c'était le temps où les bruyères étaient en fleur, j'en ai pris des plus roses et des plus fournies, j'ai ramassé la petite bouteille où Nans avait apporté son huile et j'ai mis le bouquet sur la table. Après, j'ai appelé les hommes :

— Venez voir si c'est pas beau !

— C'est beau, ton père a dit. Tu es une fortune pour ranger les maisons.

Nans a dit :

— Je te ferai cadeau d'un vrai vase à fleurs.

— Ah non ! ton père a dit, y a assez comme ça.

— Toi, ça te regarde pas, Nans a dit, fais-moi une bise, petite, si tu es contente. Je me trouverai payé.

Je l'ai embrassé. Et ma bouche a trouvé sa joue un peu mouillée. J'ai plus su quoi dire, j'ai pensé : « Y doit réfléchir, ce pauvre berger, que si la vie avait tourné autrement, il aurait pu avoir une femme lui aussi. » Et pour moi, on m'ôtera pas de l'idée que c'était bien ça qu'y réfléchissait. Le jour de notre mariage, avec ton père, Nans me l'a apporté, le vrai vase pour les fleurs, c'est ce vert, tiens, qui est toujours là, sur la cheminée, seulement une anse s'est cassée, puis le fond s'est fendu, y garde plus l'eau. Et puis je pense plus à y mettre des fleurs à présent...

Ollivier regardait le vase vert, il écoutait sa mère, il écoutait la pluie qui faisait son petit bruit régulier sur les dures feuilles de chênes et coulait en rigoles sur les troncs rouges des pins.

Il écoutait sa mère et ne remarquait pas qu'elle ne disait jamais un mot de son propre père, du pauvre rémouleur qu'elle avait accompagné quatre ans sur les routes. Quatre années de vie ensemble, à supporter tous les temps, à être seuls avec la roue brillante d'eau et les lames brillantes de reflets, avec les étincelles de la pierre et le bruit de la pédale, avec le chiffon tout rouillé qui laisse tomber les gouttes... et pourtant elle ne parlait jamais de tout cela. Ce n'était ni orgueil ni ingratitude, elle avait oublié, tout simplement, comme elle avait oublié Bellot, le chien jaune qui traînait la voiture à côté d'elle, le matin où elle était passée devant ce verger de la Guirande, dont Antoine cueillait les cerises. Devenue Desmichels, comme si elle était née Desmichels, tout le reste était pour elle comme s'il n'avait pas existé. Quand elle avait épousé son mari, elle avait regardé sans regret son père reprendre seul son métier d'aiguiseur et, sans une larme, elle lui avait fait adieu, du seuil de sa porte. Son mari, sa maison, sa raison d'être, c'était Antoine Desmichels et rien d'autre au monde. Fidèle à cette servitude acceptée tout entière, maintenant que le père était mort, elle se donnait aux fils d'Antoine.

— Les fils d'Antoine... C'est tout ce qui me restait de lui et voici qu'à présent, je n'ai plus qu'Ollivier.

Alors elle le regardait. Une obscure prescience lui faisait deviner qu'elle ne le garderait pas longtemps. « Qu'il ait seulement ses quinze ans, se disait-elle, et quelque chose me le prendra. »

Pour le moment, il restait là, à écouter sa mère. Enfermés tous deux dans une tristesse qui n'en finissait plus, à vivre pauvrement de lait de chèvre, des lapins qu'ils élevaient et des pommes de terre, plantées par Ollivier dans un chiche petit bout de terrain qui touchait au bois et qui ne rendait pas lourd, tout envahi de racines de pins.

— Si on avait le morceau du bas, alors oui, disait Arnaude, c'est tout du bon au-dessous du Moulin, le torrent de Coulepierre tient la terre fraîche. Ah, s'y avait une justice, ça aurait dû revenir à ton père, ce bien de Plan-Bernard !

Ollivier jetait un regard d'envie vers cette riche terre de Plan-Bernard et voisin d'elle, il voyait le moulin de Sinssol et s'étonnait de le savoir vide.

— Ce vieux moulin à huile, disait alors Arnaude, il est depuis cent ans dans la famille des Laurade, de Belgentier. En se mariant, Gabrielle Laurade l'a apporté à Émile Resplandin. On dit que c'est devenu la part de la petite Sylvaine, cette fille des Resplandin, qui ne sera pas une mesquine. La tannerie de Bellaïgue marche pour les cuirs de l'Armée et le père a là-dedans une place de directeur, tu pourrais presque dire de propriétaire. Du coup, il est pas parti au front, il a eu de la veine. Seulement, je crois pas qu'y soye bien heureux. Il a une femme qui est toute d'orgueil et de prétention et qui a aimé autre que lui. C'est Justine Marcelin, de Bramafan, tu sais, la matelassière ? qui m'a raconté ces choses. Autrement, moi je les connais guère, ces gens, sauf cette Gabrielle et sa sœur Gina, que je les ai vues dans les fêtes. De toutes jeunes, elles étaient coureuses et se croyaient quelqu'un. C'est vrai que lui, Resplandin, de son caractère, on dit qu'il est dur comme de la rave gelée. C'est du paysan d'Ardèche, le tendre de notre soleil y est pas encore rentré dans le cœur.

La nuit venait dans ces bavardages. Pour économiser le pétrole, quand la pluie cessait, ils restaient dehors, devant la porte, jusqu'à ce que le petit froid de novembre les pousse dans leurs lits.

En s'endormant, tandis que les chouettes roulaient à ailes lourdes d'un arbre à l'autre, Ollivier se plaisait à s'imaginer qu'il était riche, qu'il achetait le moulin de Sinssol pour y installer sa mère avec une domestique et que lui, il partait sur la mer.

Pourtant le lendemain et le lendemain encore, il se tenait aux travaux qui les faisaient vivre. Il taillait à la hache et loubait avec sa mère, le bois de la forêt, il arrachait du champ nouveau les grosses racines qui s'y lovaient comme des serpents. Il coupait à morceaux les pommes de terre, les plaçait bien dans le sillon, le germe en l'air, et amassait autour, d'une main attentive, la terre meuble qui protégerait la jeune pousse. Son grand-père de la Guirande aurait été content de lui. Il cueillait l'herbe des lapins, changeait la chèvre de place, quand elle avait rasé un grand rond autour du piquet. Enfin, il faisait tout ce qu'on doit faire pour être un bon paysan. Mais Arnaude voyait juste et elle voyait juste, peut-être parce qu'elle était restée quand même et sans le savoir, sous la marque des Desmichels, cette petite du rémouleur, qui chantonnait en regardant couler l'eau des rivières.

Quand elle était avec Ollivier, sur ce bec de Grand-Cap, sur ce promontoire de pierre nue, avancée à pic sur le vide de la vallée, elle voyait son petit venir jusqu'au bord extrême de la pointe, là où le sol commençait à manquer sous les pieds ; elle le voyait rester debout, tout son jeune torse solide et droit tendu en avant, avec sa tête dressée, dont le vent de montagne emportait les cheveux comme une flamme. Elle voyait ce mouvement qu'il avait, des épaules et des bras soulevés, comme s'il allait prendre un élan d'aigle et quand elle l'avait assez regardé, avec toute sa grosse angoisse d'être sûre qu'un jour, comme ça, il s'envolerait, elle lui disait :

— Qu'est-ce que tu fais, Ollivier ?

Les bras du garçon retombaient, ses cheveux amollis se couchaient sur sa tête, dans le repliement de ces voiles de bateaux à qui, tout d'un coup, la brise manque et, arrachant au loin ses yeux pleins du large de l'eau, il répondait calmement :

— Rien, mère, je regardais la mer.

Cette petite bande grise, là-bas, au bout du ciel, cette longue lame d'acier, elle devait s'enfoncer comme un couteau dans le tendre d'Arnaude.

« Si seulement j'avais encore Félicien », elle pensait.

Elle soupirait sur l'impossible, pourtant, à ce moment même, Félicien était revenu.

VI

Comme chaque soir, quand Arnaude et Ollivier rentrèrent dans leur maison des bois, la nuit était tombée. Du geste de tous les jours, la mère éclaira la lampe et se prépara à allumer le feu. Ollivier s'occupait des bêtes, il alla distribuer aux lapins l'herbe qu'il leur avait descendue depuis la montagne. Arnaude sortit pour prendre du bois sous le hangar. Elle revint aussitôt dans la cuisine et appela vers l'étable :

— Ollivier, viens un peu au bûcher, j'ai entendu un drôle de bruit, on dirait qu'il y a une bête...

Sous le hangar, tous deux fouillèrent l'obscurité de regards aigus.

— Il n'y a rien, disait Ollivier, la chienne n'aboie pas.

— Pourtant, ça bouge ! disait Arnaude.

A ce moment, des fagots repoussés roulèrent à leurs pieds et un homme sauta devant eux.

— N'ayez pas peur, mère, c'est moi.

C'était Félicien.

Maintenant Ollivier le reconnaissait. Quand il avait déboulé du haut du tas de bois, quelqu'un aurait dit à Ollivier : « C'est ton frère », il aurait dit : « C'est pas vrai. » D'abord, on croyait qu'il était mort et puis cet homme maigre, blême, le dos courbé, la poitrine creuse, est-ce que cela pouvait être ce beau Félicien, que les filles se montraient les unes aux autres, sur la promenade de Solliès-Toucas ?

La mère, elle, n'avait pas eu d'hésitation, elle avait crié :

— Félicien !

Et Ollivier avait pensé : « Elle est folle ! »

Pourtant, c'était vrai, c'était bien Félicien.

A présent, il était assis à côté de la table, à sa place d'autrefois, et on aurait pu croire qu'il n'en était jamais parti, si on ne lui avait pas vu ce visage pâle, où les yeux fiévreux étaient deux trous et d'où un air de souffrance avait chassé toute la jeunesse.

— Alors tu as déserté ? avait demandé Arnaude, après qu'elle eut, cent fois et mille fois, touché, regardé, embrassé ce visage et ce corps de son premier-né.

— Si vous voulez appeler ça comme ça, oui, dit Félicien, j'ai déserté. Je suis parti. Mère, je n'en pouvais plus de falloir tuer des gens pour les empêcher de me tuer. Vous autres, vous êtes là, bien tranquilles dans nos forêts, au milieu de toutes nos choses, vous ne pouvez pas comprendre ce que c'est.

— Ton père m'a raconté, dit Arnaude.

— Mon père, le pauvre, il a souffert sa grosse part, puisque ce mal l'a détruit lui aussi, et c'est une bien triste nouvelle que vous m'apprenez, mère, de me dire que mon pauvre père est mort du manque de sa force. Et ce que vous m'avez dit aussi que Joseph avait été tué sur le front le premier mois, vous pouvez croire que ça me fait peine. Seulement quand on a passé ce que j'ai passé, vous savez pas ce qu'on dit, mère ? On se dit : « Y sont bien heureux. » Voilà.

— Pauvre ! dit Arnaude.

— Ah, mère, ça devrait pas être permis, des choses pareilles ! Si vous saviez comme nous étions ! Les moutons qu'on les tue pour les manger, ils sont moins malheureux que nous, même avec des bergers qui les gouvernent mal et des chiens qui leur mordent les cuisses. Ils le savent pas qu'on les mène à l'abattoir, et s'y peuvent deviner qu'on va les tuer, au moins on les force pas à tuer les autres.

« Nous, quand on nous distribuait double ration de gnôle et puis qu'on nous mettait dans les mains ces couteaux, comme ceux de Mazaugues, le boucher de Bellaïgue, nous aurions voulu être des bêtes pour pas comprendre, mais malheureusement nous restions des hommes, malgré la saoulerie et nous comprenions.

Alors, oh ça, mère, c'était plus terrible que tout ! Y en avait des petits jeunes, qui avaient jamais imaginé ça et qui pleuraient en regardant ce couteau de nettoyeur qu'ils tenaient dans leurs doigts. Des doigts comme ceux d'Ollivier, tenez, vous voyez, ces doigts qu'il a encore de la peau douce, malgré son travail de bûcheron ? Eh bien, ces petits de dix-huit ans, c'était ces sortes de mains d'enfants, qu'y serraient autour du couteau.

Ollivier avait retiré d'un geste brusque sa main de celle de son frère et il la regardait comme si c'eût été, d'un coup, une chose monstrueuse poussée au bout de son bras.

— Les vieux, par contre, les habitués, ils ne la regardaient même plus, cette arme et y en avait qui crachaient par terre, sans rien dire. Puis, et ça c'était le plus terrible, il y avait ceux à qui ça faisait plaisir et ça se voyait. C'était toute la gouape de Toulon, de Marseille et d'autre part. Ceux-là, y se calaient leur couteau bien en main et y disaient :

— Alors on y va ?

Après on les trouvait pleins de sang et le capitaine les félicitait : « Je vous proposerai pour la croix de guerre. » Et eux, y rigolaient en disant :

— Dommage qu'on puisse pas rapporter les cheveux, comme chez les nègres. Comme ça, on verrait mieux la part de chacun.

— Ne pense plus à tout ça, maintenant, dit Arnaude qui voyait se tirer le visage de son aîné.

— Je pourrais ne plus y penser, dit Félicien, si j'étais sûr de jamais y retourner.

Il y eut un gros silence, on voyait que chacun réfléchissait.

— Ce sera difficile, dit encore Félicien en tordant ses doigts.

— Écoute, dit Arnaude, pour le moment, pense à manger, à boire et à dormir tranquille, que tu as la mine d'un déterré. Après on verra.

— Tranquille, cria le garçon, et vous croyez que je vais l'être, tranquille ? Vous savez pas que mon signalement est donné partout depuis que j'ai quitté le front ? Vous savez pas que les gendarmes me cherchent, qu'ils ont déjà failli m'attraper et qu'y savent peut-être que je suis ici et que peut-être, y sont cachés là, derrière la porte ?

Il s'était levé et s'était jeté contre le mur de l'étable. On entendait remuer les lapins qu'il avait réveillés en repoussant sa chaise et la chèvre bêla doucement.

— C'est toujours Cabrette ? il dit.

— Eh oui ! dit sa mère, pourquoi tu voudrais que ce soit plus elle ? Elle nous a fait deux chevreaux en mars.

— Michelle m'a reconnue tout de suite, reprit Félicien. Vous avez vu ? Elle aboyait pas devant le hangar.

— Oui, dit sa mère, c'est bien ce qui me semblait drôle.

La chienne avait entendu son nom et elle avait déplié son corps souple d'auprès d'Ollivier pour venir le replier devant Félicien. Et hors de sa grisaille de poils, elle avait tiré une longue patte qu'elle avait posée sur l'homme. De sa main pendante, Félicien lui caressa la tête, et la chienne, levant vers lui ses yeux fidèles, lécha cette main.

— Elle te fait comme te faisait sa mère, cette autre Michelle, que Nans avait apportée de la Guirande, tu avais six mois, tu lui as ri et elle t'a léché pareil.

— Elle est brave, dit Félicien. Le père l'aimait beaucoup.

Une douceur avait coulé dans sa voix et, pour la première fois depuis son arrivée, sa bouche s'éclaira d'un sourire.

D'un accent plus énergique, il expliqua :

— Oui, il va falloir que je me cache, mère, il va falloir que vous me cachiez. Je ne crois pas que personne m'ait vu. J'ai pris le train hier au soir, de ces heures, à Marseille, je suis descendu à Toulon et je suis venu à pied dans la nuit par La Farlède, Solliès-Ville et les sentiers de bûcherons que je connais bien. De jour, j'ai dormi du côté de Bramafan, dans un fourré, et quand il a commencé à faire nuit, je suis venu vers ici...

— Et de tout ce temps tu as rien mangé ? dit la mère, moi qui te fais parler !

— Je mangerai tout à l'heure. Laissez-moi que je me dégonfle un peu, qu'avec tout ça sur le cœur, je pourrais pas avaler un morceau.

— Bois au moins un verre de vin.

Et Arnaude se leva pour le lui servir.

Il le vida d'un trait.

— C'est bon, dit-il, c'est pas comme leur vin qu'y vous vendent dans la Meuse, qu'il n'a ni goût ni goûste. Et pourtant c'est pas faute de vous le vendre cher !

Il reposa le verre, puis il dit :

— A Marseille, ils en avaient du bon.

— Tu t'y es arrêté en passant ? demanda Arnaude.

Félicien baissa la tête.

— J'y suis resté six mois avant d'être repris.

— Mais quand ?

— La première fois que je suis parti du front.

— Et tu es pas venu par chez nous ? dit Arnaude.

— Non, et il baissa la tête.

— Oh ! Et pourquoi ? redemanda Arnaude.

— Parce que, dit Félicien d'une voix pleine de honte. C'est difficile de vous expliquer ça, à vous que vous êtes ma mère et que je vous dois le respect.

— Justement, dit Arnaude, un cœur de mère, ça pardonne tout.

— Vous comprenez...

— Assieds-toi, dit sa mère, que tu tiens plus sur tes jambes.

— Vous comprenez, la première fois que le foutre m'a pris et que j'ai décidé de les laisser tout seuls continuer leur saloperie de guerre, je suis parti, grâce à l'aide d'une femme. C'était une grande brune qu'on lui disait Renée et que j'avais fait sa connaissance au cantonnement. Nous nous étions plu.

— Elle était cantinière ? dit Arnaude.

— Non.

Félicien regarda sa mère, puis il regarda Ollivier, enfin, il dit :

— Non, elle faisait la putain.

Arnaude, d'un regard rapide, baissa les yeux et retira un bout d'herbe râpeuse, qui s'était collé à son tablier.

— Mais c'était une femme, qu'un cœur comme ça on n'en voit pas beaucoup. Vous pouvez croire, mère, que le seul bon temps que j'ai eu dans ces baraques de Flirey où nous étions dans la boue jusqu'au ventre, c'est à elle que vous pouvez en dire le merci. Quelque temps avant, j'avais été pris dans une attaque de gaz et j'arrêtais pas de tousser. Elle m'en a mis des catasplasmes! Et du sirop, vous pouvez croire qu'elle m'en a acheté de ses sous! Au petit matin, quand ses derniers clients étaient partis, elle venait me chercher sur ma paillasse et elle me faisait coucher dans son bon lit ; elle me soignait avec des remèdes à elle : « J'ai eu des petits, elle expliquait, je sais comment il faut faire. » Après, elle s'allongeait à côté de moi et elle me disait : « Alors comment ça s'appelait, tu dis, la ferme de ton grand-père Desmichels ? — La Guirande, je disais, et chez nous, c'était le Grand-Cap, à cause du nom de la montagne qui est au-dessus. » Et des fois jusqu'au matin, je lui parlais de vous autres, de Joseph qui était déjà sous les drapeaux, de mon père, d'Ollivier qui se faisait grand, de Michelle qu'on avait depuis tant d'années, de « Jeunhomme » qu'il était mort juste avant la guerre et que c'était un si bon cheval... J'aurais parlé des journées entières, que toujours elle avait l'air de m'écouter avec plaisir. Y a que quand je voulais parler de toi, alors elle m'arrêtait et elle me disait : « Non, ta mère, c'est une brave femme. »

— Tu me fais pleurer, dit Arnaude.

— Quand on a évacué le cantonnement, elle m'a dit : « Écoute, je vois que tu en as plein le dos et puis tu es malade. Tu veux qu'on tâche moyen de mettre les voiles tous les deux ? — C'est pas possible », je disais. Et le cœur me battait, comme d'attendre un sanglier au passage. Elle a dit : « Laisse-moi faire, change rien à tes habitudes. Fais semblant de partir avec les autres et, sur la route, prends le troisième sentier sous bois que tu trouveras. Là, tu n'as qu'à t'allonger dans les herbes et m'attendre. Je viendrai, je sais pas quand, mais je viendrai. » Elle est venue. Y avait un jour et demi que j'étais là, sur cette pourriture de feuilles mortes, qu'ils ont dans leurs forêts de l'Est, où l'eau croupit pendant tout l'hiver. Elle m'a fait mettre des habits de femme, après m'avoir fait raser avec un rasoir qu'elle avait apporté, elle m'a poudré, elle m'a mis du rouge. « Je m'amuse », elle disait. Seulement si on l'avait prise, on la fusillait avec moi. Enfin, nous sommes passés comme ça. Elle avait les papiers tout prêts, bien en règle pour nous deux. « C'est ma cousine, elle dit au poste, on nous fait partir de la zone des armées ; alors tant pis, nous allons chercher des hommes plus loin ! — Alors, les poilus maintenant y se mettront la tringle ? le gendarme a dit. — Eh oui, elle a répondu, ce sera pour les civelots à présent. » La camionnette où nous étions est repartie. Les gendarmes avaient fait descendre sur la route les valises et les autres gros paquets, pour chercher derrière, mais pas une seule fois, ils avaient fait autre chose que de me regarder. « Elle est pas gracieuse, ta cousine ! » avait dit l'un d'eux. Renée avait dit : « Elle est abrutie. Elle avait un amoureux ici et, toute la nuit, y se sont dit au revoir. » Nous sommes arrivés comme ça jusqu'à Marseille par la route, chaque fois qu'on lui demandait les papiers, elle les montrait et tout allait bien. De temps en temps, elle levait sa main de son volant et elle me la mettait sur les cheveux, je la sentais fraîche sur ma tête chaude, ça me rappelait cette source de Bonnefont, qu'après le labour, quand nos mains brûlaient d'avoir tenu les mancherons, le père et moi, nous nous les trempions dedans. A l'entrée de Marseille, Renée me dit : « Y faut que je ramène la bagnole à mon frère qui habite la Plaine et fait le commissionnaire. Il me l'avait prêtée pour aller lui vendre un vieux fonds de savonnettes et d'autres choses, dans les cantonnements et c'est lui, qui est bien avec son député, qui m'a obtenu les laissez-passer. Chez lui, je veux pas t'y mener. Mais j'ai ma sœur qui reste dans la rue de la Reynarde. Je vais te laisser chez elle et tu m'attendras. Là tu ne risqueras rien et après, nous calculerons comment tu pourras t'en tirer. » Sa sœur Hortense, elle lui ressemblait en plus grosse et en plus vieille. Elle aussi, elle faisait le métier de ramener des hommes chez elle et, entre-temps, elle fumait des cigarettes et elle chantait les chansons de l'Alcazar. C'est là-dedans que je suis resté six mois avec elle et Renée. Te dire que je m'y plaisais, non, mais j'étais guère costaud, j'avais toujours mal entre les épaules et les forces me revenaient pas, alors comme j'étais au chaud, à l'abri, je me laissais faire. Mais à la maison, à vous autres, vous pouvez croire que j'y pensais. Un soir, que Renée et sa sœur étaient descendues dans la rue, j'ai pris une feuille de papier, le porte-plume et je vous ai écrit. Je vous disais de venir, ou bien que moi, j'essaierais de me risquer jusqu'à Toulon et que nous pourrions nous voir. Rien que cette idée, y me semblait que j'étais dans le feu. Renée est rentrée, avec son type et, quand il a été parti, elle m'a dit : « C'est chez toi que tu écris ? » Moi, j'ai dit « oui ». Je m'attendais que ça y plaise pas et j'étais prêt à lui répondre sec. « Ça te plaît pas ? » je dis. « C'est pas que ça me plaise ou non, c'est que c'est une bêtise et que c'est pas prudent. » Elle se mit à lire la lettre et en se relevant, elle dit : « Qui c'est que tu veux faire venir ici ? — Mon père est sur le front, mon frère Joseph aussi et mon autre frère Ollivier, il n'a que treize ans. »

A son nom, Ollivier avait relevé la tête comme tout à l'heure Michelle et, en pensée, il vint comme la chienne, se mettre aux pieds de son aîné.

— « Y a que ta mère alors ? » me dit Renée. « Oui, je dis. — Et tu la ferais venir à la rue de la Reynarde, ta mère ? — Je la connais, je dis, pour moi, elle le ferait. »

— Sûr, dit Arnaude, que je l'aurais fait !

— « Sûr, dit Renée, qu'elle le ferait ! Seulement, si tu avais un peu quelque chose dans le cœur, c'est toi que tu oserais pas le lui demander. — Je languis, je dis. » Elle dit : « Je comprends. »

— Ô mère, ce que je pouvais me languir ! vous pouvez pas le croire. Je vous voyais ici, comme si j'y étais, seule avec Ollivier, à essayer de faire les travaux que d'habitude nous nous y mettions trois hommes...

— Nous avons jamais allumé le four, dit Arnaude.

— Je sais, mais le reste, la coupe du bois, l'entretien de la terre surtout vers la forêt, où elle est si dure, avec tant de souquets de chêne qu'y faut en arracher...

— Je l'ai fait, dit Ollivier.

— Je sais, dit encore Félicien, mais moi je me rongeais de me dire que pendant ce temps, je restais là dans cette saloperie de chambre de femmes. Dans moi, je pensais : saint Luc, c'est le temps de semer le blé et la sivade dans les morceaux les plus hauts. Sainte Cécile, qui sait s'ils n'auront pas oublié de mettre les fèves ? Et au mois de juillet, même sur le front, j'avais calculé que si vous dédoubliez pas les bulbes de narcisses, ils donneraient plus la fleur et se pourriraient.

— Pour ce que ça se vend... dit à nouveau Ollivier. Les expéditions sont suspendues.

— Je savais pas, dit Félicien, et je m'imaginais que si j'avais été là, je vous aurais aidé. Alors Renée me dit : « Écoute, une fois déjà, je t'ai fait comprendre que j'avais eu un petit. Eh bien, crois-moi, ta mère, ne la fais pas venir ici, elle souffre moins de pas te voir, que ce qu'elle souffrirait de te voir ici avec des putes. » Hortense a dit de son coin : « Renée elle a raison, petit, écoute-la. » Alors j'ai déchiré ma lettre. C'est trois semaines après que les gendarmes m'ont eu.

— Comment ils ont pu apprendre ? dit Arnaude.

— Je sais pas, quelqu'un du quartier qui aura parlé de moi, ou simplement peut-être en me cherchant. Toujours est-il qu'un soir où elle venait juste de descendre, Renée remonte en courant, pâle comme la mort, et elle me lance : « Fous le camp ! Les gendarmes font toutes les maisons de la rue pour te trouver. — Par où je peux partir ? » je demande. Le cœur me battait à se casser en quatre morceaux.

— Mon Dieu, gémit la mère, comme si elle avait vu les gendarmes fouiller toutes les chambres avec leurs sabres. Et alors ?

— Alors j'ai suivi les conseils de Renée qui connaissait bien le quartier. J'ai couru, dans l'ombre du soir, jusqu'au Vieux-Port qui était là tout près et je me suis laissé glisser dans la mer. Elle était glacée sous le mistral qui soufflait, comme le Gapeau quand il sort de la terre à sa source, du côté de Chibron. J'ai cru qu'il allait me prendre mal. Mais la peur me donnait courage. J'ai nagé jusqu'à un bachot qui était amarré près d'un gros bateau qui le tenait dans son ombre, et je me suis accroché là des deux mains, avec seulement mes doigts qui sortaient et tout le reste dans l'eau. D'un grand moment j'ai plus entendu que le bruit des paquets de vagues contre le bois de ce radeau qui était mon sauveur. Jamais, je crois, j'ai tant pensé à la maison qu'à ce moment.

— Mon pauvre petit, gémit à nouveau Arnaude.

Une larme glissa doucement de son œil, vers son vieux cou.

— Ô oui, mère, j'étais malheureux allez ! J'aurais donné dix ans de ma vie et même cette liberté après laquelle je courais, pour pouvoir me mettre contre vous et me coucher la tête sur vos jambes et que vous me mettiez la main dans les cheveux pour me les ranger...

— Viens ! cria Arnaude.

Elle écarta les genoux pour lui faire une plus large place et arrondit ses bras comme un panier.

— Non, dit Félicien, laissez-moi finir... Y avait peut-être deux heures que j'étais là, et un froid comme celui du cercueil commençait à me prendre, quand, sur l'eau noire, je vis venir un petit bateau et de loin, vite, je vis qu'il portait les gendarmes et un douanier. Ils regardaient dans le profond de l'eau avec des lampes à projecteurs, alors je me mis à marcher doucement avec les mains autour de mon radeau et j'en entendais un qui disait : « Moi, je vois rien. Et toi ? — Moi non plus », disait l'autre. « Peut-être y me trouveront pas ? » je pensais. A la fin, ils sont venus tourner autour du gros bateau et alors y a le douanier qui a sauté sur le bachot, d'un coup. Je m'y attendais pas, j'ai lâché le bord et j'ai glissé droit dans l'eau sans me débattre. C'est ce qui m'a sauvé. Après, j'ai su qu'un des gendarmes avait dit : « Pour moi, il s'est attrapé au radeau », et le douanier avait sauté dessus en disant : « Moi, je m'en fous, j'y marche sur les mains. » Quand j'ai remonté du fond, je sais pas comment, j'étais de l'autre côté du gros bateau. Je les ai entendus qui s'en allaient sur leur petite barque, mais j'ai attendu encore longtemps pour bouger. Pourtant vers les quatre heures, quand j'ai vu qu'il allait faire jour, j'ai nagé vers le bord et j'ai regardé. Il n'y avait pas un chat sur tout le Vieux-Port. Ce mistral qui soufflait avait fait rentrer les curieux de force dans leurs maisons. Alors je suis sorti de l'eau et je suis retourné à la rue de la Reynarde. J'en pouvais plus, mes dents claquaient à me démolir la mâchoire et je tremblais comme la feuille. Renée m'attendait derrière la porte. Elle me dit : « Maintenant tu risques plus rien. Le gendarme et le douanier, ils sont chez la grande Jeanne, que le douanier frotte avec. Tu es tout glacé, couche-toi, que je te réchauffe. » J'étais couché depuis peut-être deux heures dans ce bon lit que le chaud de la bouillotte et des tisanes m'en coulait dans le cœur, et Renée assise à côté de moi me tenait le bol de sauge pour que je me fatigue pas la main, quand une femme, une voisine qui était brave, ouvrit la porte et cria : « Méfi... les flics. » Renée et moi, debout d'un coup, nous nous sommes regardés comme quand on va mourir, puis Renée a soulevé le matelas entier dans ses bras : « Planque-toi sur le sommier, elle m'a dit, bien à plat et prends-toi une grosse mesure de respiration, que je vais m'allonger sur toi. » Le lourd du matelas s'était rabattu. » Décidément, je me pensais, je dois être étouffé par quelque chose, si c'est pas l'eau, c'est la laine. » Et je gardais mon souffle tant que je pouvais. J'ai juste entendu parler Renée, dans l'épais qui assourdissait les voix : « Non, elle disait, monsieur le gendarme, nous l'avons pas vu. Moi, vous voyez, j'ai pris un peu mal. » Et puis une voix qui criait : « Allez, putasse, lève-toi de là ! » Et le bruit que ça a fait quand Renée a été jetée à terre par l'homme, avec sur elle, les draps, les couvertures et le matelas. Les gendarmes se tordaient de rire : « Té, tu es là ? il dit. Voyou ! On a quand même fini par te trouver ? Le dessus des lits de putains te suffit plus, y te faut le dessous. Pendant ce temps, tes collègues se font casser la figure. Allez, habille-toi qu'on t'emmène, saligaud ! » J'ai même pas revu les yeux de Renée avant de partir, elle s'était ouvert la tête en tombant contre le fer du lit et sa sœur, avec des femmes, essayait de la faire revenir. En bas, toute la rue de la Reynarde était sur les portes. Qui riait... qui avait l'air de me plaindre... ah, pauvre mère... Ils m'ont laissé un mois en prison, au fort Saint-Nicolas, puis ils m'ont fait remonter vers le front et cette fois, ils m'ont mis dans une compagnie de discipline, avec les voleurs et les assassins. C'est là qu'on nous donnait des couteaux d'égorgeurs. Y a huit jours, pas plus, que je m'en suis encore sauvé.

— Mon Dieu, dit Arnaude, mais s'ils te reprennent ?

— Cette fois, je suis bon, dit Félicien.

Arnaude, à présent, laissait couler toutes ses larmes et son visage en était tout brillant.

— Allez, mère, dit Félicien, s'arrachant à son ennui, faites-moi manger, que maintenant, d'avoir tout raconté et de me sentir là, avec vous autres, la faim me revient.

Arnaude tira hors de ses mains tremblantes le regard triste de ses yeux et le posa sur son fils :

— S'ils te reprennent, Félicien ?

Félicien lui mit le bras autour des épaules.

— Ils me reprendront pas, mère, j'aurai pas toujours la malchance, peut-être ?

— Et puis, y a le fusil ! dit Ollivier.

Arnaude s'occupa à faire réchauffer du bouillon et à mettre les œufs à cuire, tandis qu'Ollivier sortait du placard le pain et le fromage. Quand tous trois furent assis autour de cette table où manquaient le père et un garçon, Arnaude, regardant manger ses fils, demanda :

— Et cette Renée, si brave, qui t'a tant fait du bien, qu'est-ce qu'elle est devenue ?

Félicien avala d'un coup sa bouchée de pain et baissa les yeux sur son assiette. Il dit :

— Je sais pas, je voulais toujours lui écrire...

VII

Maintenant Félicien finissait par ne plus avoir peur, seulement il s'ennuyait. Les premiers jours, il n'avait pensé qu'au gros bonheur de se reposer, d'être tranquille, de manger la bonne cuisine de sa mère. Et l'espèce de fierté qu'il ressentait à avoir eu raison de la gendarmerie lui avait rendu le goût de vivre.

Le soir de son arrivée, où il avait raconté son histoire à Arnaude et à Ollivier, il avait voulu ensuite aller se coucher sur son ancienne paillasse, mais sa mère avait sagement retenu son geste.

— Attends, avait-elle dit, ne commençons pas par des imprudences. J'ai pas envie qu'on te ramène dans leur enfer. Alors, c'est moi qui commande et tu vas m'obéir.

Elle alla dans le fond de la cuisine faire des préparatifs à son idée elle chargea Ollivier d'une paillasse, de draps et de couvertures, et garda pour elle-même une corbeille pleine de linge. Elle ajouta quelques maigres provisions. Ce fut long, car elle avait à chercher dans chaque placard, dans la souillarde et même dans le hangar de dehors. Les deux frères attendaient, elle leur avait dit d'attendre et ils sentaient obscurément qu'ils devaient se soumettre. Quand tout fut prêt, elle dit :

— Allez, mettez vos pèlerines et descendons. On allumera pas de lanterne, nous en avons pas besoin, nous connaissons les chemins et ça nous trahirait.

— Où on va ? demanda Ollivier.

— Au moulin de Sinssol, dit Arnaude. Depuis la guerre, on y a plus porté d'olives et ce n'est pas demain qu'y remarchera. Félicien y sera bien caché et tout de même, cette boucherie du front va pas durer toute une existence. Les Laurade et les Resplandin le laissent tomber en ruine, ce moulin. La pierre à écraser doit être sèche comme de l'amadou et les infers doivent pas sentir le rance de la mauvaise huile. Nous avons qu'à couper par le morceau de Plan-Bernard, nous abîmerons rien, qu'y a rien de planté. Ce monsieur à qui le grand-père Desmichels avait vendu, pour faire pièce au pauvre Antoine, il n'a plus mis les pieds dessus, depuis qu'il a donné l'argent. Qui pourrait avoir l'idée de te chercher par là ? Allez, descendons.

Par la porte ouverte, la nuit fraîche vint à leur rencontre. D'abord sous le couvert des chênes et des pins, ils descendirent de leur montagne, ils traversèrent Plan-Bernard, où les anciennes vignes, dont le Maître de la Guirande aimait tant boire le vin, traînaient jusqu'à terre. Arrivés à la limite du vignoble, ils retrouvèrent l'ombre sous les platanes épais qui entouraient les bâtisses du moulin.

Arnaude posa la corbeille, puis elle fit le tour par-derrière la remise et elle poussa une vieille porte de bergerie qui ne tenait guère à ses gonds.

— Par là, on arrive au-dedans, elle dit, je le sais, j'y suis venue avec votre père.

Elle alluma une bougie et elle les guida vers des marches de pierre qui s'enfonçaient sous le sol. Ils se trouvèrent dans une grande salle où la pierre d'écrasage et le treuil tenaient tout le milieu. Autour il y avait une rangée de foudres de fer. Arnaude les regarda.

— C'est toujours pareil, dit-elle. C'est à ces infers que j'avais pensé pour te servir de chambre et je vois que ça fera bien. Quitte ta charge, Ollivier, aide-moi. Voilà. Un de ces foudres, moi je dis « infer » parce que j'ai toujours entendu le pauvre Antoine dire comme ça, vous allez me le coucher par terre, comme si on l'avait renversé. Devant, nous rangerons les autres, mais pas trop en ordre, avec un deuxième encore couché par terre, que son vide saute au-devant des yeux. Et dans celui du fond, bien derrière, tu vas t'installer, Félicien, avec ta paillasse, tes draps et tes couvertures. Et tout ce qui peut venir, de nuit et de jour, te déranger ici, ce sera que les souris qui ont pris l'habitude de ronger les pignons d'olives. Quoique depuis le temps, elles ont dû mourir...

— Le jour, je le verrai guère, dit Félicien.

— Écoute-moi : mon idée, c'est pas de te laisser ici sans que tu prennes le soleil, mais pour le moment, tu t'y tiendras un peu tranquille. Quand nous aurons bien vu que rien bouge dans le pays, qui t'empêchera de te lever au petit matin et de monter nous rejoindre du côté de Grand-Cap ? Nous, avec Ollivier, nous continuerons de faire notre travail, comme si de rien était, si la gendarmerie vient, nous la recevrons. Les pas s'entendent de loin dans la colline et nous avons le nez plus fin que ces beaux messieurs. Allez, installe-toi.

Félicien se souvenait de la terrible impression de solitude qu'il avait eue quand, sa mère et son frère partis, il s'était trouvé dans cette salle froide et noire, enfouie sous la terre et où les ombres des infers entouraient la pierre du milieu, comme des fantômes une dalle de cimetière. Cependant, la certitude d'être à l'abri de toute recherche lui fit couler dans l'esprit une douceur qui lui amena le sommeil.

A partir de ce soir, commença pour lui une vie bizarre, qui tantôt était celle d'un moine, tantôt celle d'un homme des bois. Après s'être tenu enfermé des journées entières, ne pensant qu'à la venue de la nuit qui lui amènerait Ollivier avec les repas du lendemain, il se mit à désirer le mouvement et l'air comme une chose sans laquelle il allait mourir. Il supplia tellement sa mère qu'elle le laissa monter vers la cabane, un petit matin d'hiver où il pleuvait à torrents ; Félicien prit son café au lait sur la table de famille, tandis que Michelle se collait à ses jambes et que sa mère le regardait de tous ses yeux. Ollivier faisait le guet, dehors, dans le noir du hangar.

— Ce qu'y faut bien faire attention, dit Arnaude tout d'un coup, c'est que la chienne te suive pas. L'amitié qu'elle a pour toi pourrait la pousser à le faire et après, elle prendrait l'habitude d'aller pleurer devant la porte du moulin, ça pourrait donner l'éveil.

— Ça c'est vrai, dit Félicien, j'y prendrai garde.

Ce matin-là, comme vers les sept heures la pluie s'était

arrêtée, il partit avec Ollivier vers une coupe de bois, que le petit avait commencée sous Bramafan.

Félicien avait demandé cela à sa mère, comme une grâce vitale.

— Soyez bien prudents, avait-elle dit. Tenez-vous loin du hameau. Des quatre chats de Bramafan, il suffit d'un pour aller te dénoncer. Et au moindre bruit, hé Félicien, cache-toi dans le fourré. Tu as l'ancien lit de Coulepierre, où il y a jamais d'eau. Tu pourras toujours t'y tenir à l'abri sous les broussailles et les pierres, puis de nuit, tu auras qu'à rejoindre le moulin. Me fais pas faire de mauvais sang...

— Craignez rien, mère, dit le garçon, j'en ai vu d'autres.

Il pensait à la nuit qu'il avait passée dans cette forêt de la Meuse, dont l'humidité lui collait à la peau, avec cette odeur de feuilles pourries qu'il croyait sentir encore. Il se rappelait le chant de cet oiseau de là-bas, qui sanglote et rit en même temps, de façon sinistre. Puis il se trouvait reporté à des nuits épouvantables, celles qu'il avait endurées, dans la sale boue des tranchées, avec autour de lui des hommes qui mouraient et se vidaient sur lui.

Ollivier marchait à côté en silence, il ne parla que pour montrer la coupe quand ils furent arrivés. Des arbres, marqués d'un numéro comme des forçats, étaient déjà couchés à terre et, autour d'eux, leurs belles feuilles vivantes se salissaient de boue. Là-dessus, où des oiseaux avaient, en toute confiance, posé l'espoir de leurs nids, les hommes marchaient avec leurs gros souliers à clous qui broyaient le bout tendre des rameaux. D'autres arbres attendaient la mort et déjà, de leur chair ouverte d'un large coup de hache, leur sang coulait en gouttes caillées. Ollivier pensa au sang de son père, souillant les fines feuilles des branches écorchées. Il dit :

— C'est par ici que le père a été tué...

— Prête ta hache, dit Félicien.

Et il la jeta des deux mains au-dessus de sa tête, pour donner un plus grand élan à sa force. Le visage dur, la bouche serrée, tous ses muscles tendus, Félicien envoyait le coup de manière sûre, juste où il fallait et il faisait, bien à temps et du côté nécessaire, le petit bond pour éviter la chute de l'arbre vacillant, qui, d'un coup, s'abattait sur le sol. Quand il s'arrêta :

— Tu n'as pas perdu la main, dit Ollivier.

— Ô, il dit, quand même, j'ai besoin de me refaire, ça me fatigue beaucoup.

Une toux sèche le secoua. Il s'essuya le front mouillé d'une mauvaise sueur, il dit :

— Y me faudra du temps pour redevenir un homme.

Ainsi, il prit l'habitude de monter au bois avec son frère ou d'aider Arnaude au transport des fagots, mais constamment, tous les trois, ils avaient l'oreille au guet et Félicien tenait toujours en réserve, dans ses nerfs, le bond qu'il faudrait faire pour s'enfuir.

Un matin qu'ils étaient au travail et qu'ils parlaient paisiblement en ramassant des souquets, un de Bramafan se trouva devant eux, sans qu'ils l'aient vu venir. C'était ce fils Marcelin de Bellaïgue, qui ayant laissé une jambe à la guerre, en était revenu pour épouser une fille de la montagne et vivre là-haut chez ses beaux-parents. Sa mère, Justine, qui allait refaire les matelas dans toute la vallée, était la seule amie connue par la fille du rémouleur, à son arrivée dans le pays. L'amitié avait duré. Aussi Marcelin connaissait bien Arnaude et ses trois garçons. Il s'arrêta devant eux et dit en souriant :

— Alors, ça va, les charbonniers ?

— Ça va, dit Arnaude d'une voix calme.

Son regard était fou de savoir que, derrière elle, il y avait Félicien.

— On travaille, dit Ollivier. Et toi, Marcelin, tu descends en bas ?

— Oui, dit le jeune homme. Et je vais vite parce que je vais chercher l'accoucheuse.

Arnaude avait doucement tourné la tête et elle sourit à son tour en demandant :

— Ta femme a le mal ?

— Oui, dit-il, je crois que ça va venir. Elle souffre beaucoup.

— Ô, dit Arnaude : « c'est le mal joli, sitôt passé, y s'oublie ! »

— Ça me fait peine, quand même, dit Marcelin. Allez, je vais vite !

Il descendit la pente de quelques pas, puis se retournant, il dit encore :

— C'est rigolo ! De loin, je m'imaginais de vous avoir vu trois ?

— La grosse joie d'être père te tourne la vue, dit Arnaude.

Mais quand le garçon eut disparu en bas du sentier, elle s'appuya contre un pin.

— J'ai cru de m'évanouir, dit-elle. Où étais-tu, Félicien ?

— Derrière ce gros chêne, répondit le garçon en se montrant. Je tournais à mesure que Marcelin marchait. Si j'avais pu, je rentrais dans l'arbre.

— On devait le couper hier, ce chêne, dit Ollivier, et aujourd'hui, y t'a sauvé.

— C'est vrai, dit Félicien.

Il posa sa hache et prit sa mère aux épaules pour l'embrasser.

— Tremble pas comme ça, dit-il.

— Ça prouve qu'il faut faire beaucoup attention, dit Arnaude. Note bien que de ce fils de Justine, j'en suis sûre comme d'un ami, mais y vaut mieux être prudent...

— Ah, dit Félicien, ça me donne le cafard ! Toujours se cacher... toujours se cacher... Un moment ou l'autre, y me reprendront.

— Te mets pas à perdre l'espoir, maintenant. Va, ça finira bien un jour.

Un lourd silence plein de crainte les accablait tous les trois. De toute la semaine qui suivit, Félicien ne quitta plus l'abri des infers. Malgré le dire de sa mère, il se figurait que le fils Marcelin, l'ayant vu sans aucun doute, l'avait trahi, et que la gendarmerie de Solliès était à ses trousses. Dans ses longues heures de prison, il ramenait fréquemment sa pensée vers cette Renée qui avait tant fait pour lui. Il s'en voulait de ne pas lui avoir même envoyé une carte postale du front. Qui sait ce qu'elle était devenue à présent ? Il aurait voulu sentir sur son visage la douceur de cette main de femme et boire encore les douces tisanes qu'elle lui préparait.

« Elle viendrait me voir, si je lui écrivais que je suis là », pensait-il. Mais il avait peur d'une imprudence et se retenait.

Tout un hiver et tout un printemps passèrent de cette manière. Maintenant il lui était plus dur encore d'être enfermé, quand, le dimanche soir, montaient vers lui, depuis les villages, les rires des filles.

Les jours d'été, où le soleil n'en finissait plus d'éclairer, le forçaient à rester terré dans son sous-sol, jusqu'au milieu de la nuit, après c'était la lune qui se mettait à tout inonder de sa lumière et on y voyait comme en plein midi. Aussi, il n'osait plus sortir. Quelqu'un de Solliès avait raconté à Arnaude que « la Maréchaussée avait du travail avec les déserteurs et qu'elle devait aller de tous les côtés à la fois ». Les Desmichels avaient redoublé de prudence et Ollivier s'était décidé à rester couché avec son frère, afin de se présenter comme l'occupant, si, ayant perçu une présence, les gendarmes entraient, dès l'aube, dans le vieux moulin de Sinssol.

Mais, à l'écureuil libre de la montagne de Grand-Cap, qui dormait le plus souvent dans la paillère ou sur un lit de fascines, il était pénible de passer enfermé, avec un garçon morose qui toussait, ces heures nocturnes d'août, brûlantes comme les jours.

Presque toutes les nuits, après l'accablement du premier sommeil, il s'éveillait, il manquait d'air. Il s'asseyait au bord de la paillasse et refroidissait, sur les dalles du sol, ses pieds brûlants comme toute sa chair, de la fièvre que lui communiquait le corps moite de Félicien. Sous celui-ci, le drap et le traversin étaient mouillés de cette mauvaise sueur qui emporte les forces des malades et les laisse, au matin, plus faibles que le soir. Une sorte de répugnance venait à Ollivier de toucher, de si près, cette peau humide et chaude. Il écoutait le souffle haletant qui sortait par saccades de cette poitrine, où une bête sournoise faisait son trou avec les griffes. Se tenant éloigné de son frère, il réfléchissait un moment, puis passant un pantalon, sans bruit pour ne pas éveiller Félicien, Ollivier sortait doucement par la porte de la bergerie. Sous le ciel brasillant d'étoiles, il allait se promener dans les sentiers sous bois et sur l'aire ancienne, pavée de carreaux rouges où s'allongeait son ombre. C'est ainsi souvent qu'il voyait arriver le jour.

Il devinait la venue de l'aube au souffle de vent léger,

qui faisait frémir et s'entremêler les feuillages, comme pour se donner mutuellement la bonne nouvelle du prochain soleil. Dans le ciel de l'est, du côté de Toulon, les étoiles commençaient à pâlir, leurs lumières atténuées se fondaient dans une éclaircie qui envahissait lentement le bleu velouté de la nuit. La montagne du Coudon ondulait en gris clair, devant tout ce tendre horizon qui semblait neuf, en s'éveillant depuis tant de mille jours. Sur ce rose, le dessin sombre des pins se détachait comme une découpure de fer. Ollivier regardait. Il sentait un bonheur obscur l'envahir et faire couler un sang plus fluide dans ses veines, gonflées par le repos. Il ne savait pas que cette joie lui venait de son contact avec la terre, les arbres, cette aube nouvelle, qui semblait se lever exprès pour lui seul. Plus tard, il devait souvent songer à ces moments, pour en regretter la perte.

Un de ces matins, au lever du soleil, il s'enhardit à descendre jusqu'à un grand bassin d'arrosage, à la limite de la terre de Plan-Bernard. Ce bassin était plein à bord d'une eau refroidie par la nuit. Vite déshabillé, il s'y laissa couler comme une pierre, et prit plaisir à faire glisser sur sa peau l'agréable de cette fraîcheur. Il nagea de long en large, comme dans le Gapeau, quand il allait s'y baigner avec Joseph et Félicien. Il s'amusa à aller ramasser au fond un morceau de poterie, brillant comme un bijou, enfin il s'étendit à la surface et se laissa flotter mollement. Il se sentait aussi léger que ces feuilles de platane, encore vertes, détachées des arbres par le sec de l'été, et glissant sur la rivière à la moindre brise. Immobile, avec sa peau de corps restée blanche, il était devenu une de ces fleurs aquatiques, aplatie sur l'eau et dont le pistil seul dépasse. Tout à coup, il en eut assez et se retourna sur le ventre. A ce moment, il entendit rouler des cailloux dans le sentier. Il s'accrocha des deux mains au bord de pierre et ce geste lui rappela ce que Félicien leur avait raconté, de sa nuit de Marseille, passée sous le radeau, par peur d'être repris.

— Après tout, se dit-il, ce bruit, c'est peut-être les gendarmes ? Quoique les gendarmes... si tôt ? Ou encore des amoureux... Si c'est les gendarmes, j'ai qu'à me tenir caché au ras de l'eau, quand ils passeront, mais s'ils viennent, c'est pour Félicien et je pourrai jamais aller l'avertir. Si c'est des amoureux et qu'y s'arrêtent près de moi, je regarderai, parce que j'en ai jamais vu.

Des amoureux... Félicien, Renée. D'avoir pensé à Marseille, au Vieux-Port, cela lui fit penser aussi à cette femme qu'il ne connaissait que par les récits de son frère. « Elle fait la putain », avait dit Félicien et sa mère avait vite baissé les yeux. Un autre jour, Félicien lui avait dit que « c'était une belle femme, bien roulée, avec des yeux et des dents magnifiques, et tu sais, calée pour l'amour ! » Mais après ça, il s'était arrêté, en joutant : « Moi, je te raconte tout, je pense jamais que tu es guère grand. Tu as pas vu de femmes encore ? » — « Oh non ! » avait dit Ollivier, et une rivière de sang lui avait coulé sous la peau du visage. Son frère avait ri : « Pas la peine de rougir, va ! Ça te viendra. Et tu verras que ça compte dans la vie d'un homme. »

Depuis ce printemps dernier, où Ollivier avait atteint ses seize ans, il s'était surpris à regarder l'ondulation des hanches des filles qui descendaient de Bramafan par les bois. Il pensait maintenant que Renée devait avoir, mieux qu'aucune, ce balancement dans la marche, qui troublait le sang des garçons. Il aurait voulu la connaître, la toucher, la voir, tout de suite, devant lui...

Le bruit des cailloux, à nouveau, le rendit attentif. Il glissa un regard et sous les platanes il vit que ce qui venait, c'étaient des chiens.

Tout de suite, il reconnut Michelle. Depuis trois jours, comme tous les six mois, quand sa folie la prenait, elle avait disparu de la maison. Jusqu'à présent Ollivier n'avait fait attention à ces périodes que parce que Arnaude grondait pour faire descendre la bête des chaises, qu'elle tachait avec son sang. Ensuite, la mère disait :

« La chienne est en chasse, il faudra garder un petit pour Ricou des Sénès, qui en a demandé un. » Ou bien : « Cette fois, on les lui noiera tous et on la purgera pour le lait. »

Les petits noyés ou donnés, Michelle pleurait quelques nuits en les cherchant partout comme une folle, puis elle se couchait à l'endroit le plus froid des carreaux et elle y restait allongée sur le flanc, ne bougeant que pour lécher ses tétines en fièvre d'où le lait coulait seul. Enfin elle s'apaisait et elle recommençait à manger. Elle revenait mettre sa tête sous cette main du maître qui avait tué ses enfants. Mais Arnaude disait encore :

— Elle a une manière de vous regarder, cette mère, à ce moment-là, qu'elle me glace le cœur.

Ollivier avait dit la vérité à son frère. Il n'avait jamais touché une femme. De près, il ne voyait que sa mère, dont la jeunesse était perdue. Ses premières idées de volupté lui étaient venues à cause de Renée et elles étaient encore toutes neuves. Cependant, s'il n'avait pas déjà suivi des camarades dans les maisons closes de Toulon, ni connu quelque rustique amour, il comprenait tout de même ce qui se faisait entre les hommes et les femmes et, selon les jours, il lui semblait que c'étaient des gestes dégoûtants, ou un consentement si merveilleux qu'il n'espérait pas rencontrer le même pour lui. Mais il croyait aussi que, si une fois, il lui était permis de tenir contre sa bouche une bouche de fille et un corps abandonné à ses désirs, il ne pourrait jamais plus l'oublier et qu'il lui en resterait dans le sang une flamme de joie brûlante.

« Oui, c'est Michelle, elle est encore avec ce grand chien noir de Bramafan, qui venait gratter à la porte de l'étable, quand on l'enfermait, à ses derniers feux. »

Ils avaient pleuré toute la nuit, chacun de leur côté, en se léchant le museau par la chattière. Le matin, Michelle avait disparu, le trou dans le bois avait été assez agrandi de dedans et de dehors, par les griffes et par les dents, pour que la chienne ait pu sortir. Elle était revenue trois jours après, comme d'habitude, les flancs creux, les yeux brillants et fuyant ceux des maîtres. Alors, pendant des journées, elle faisait des sommeils interminables, ne s'éveillant que pour s'étirer. Mais jamais Ollivier n'avait donné une plus grande attention à la vie de cette bête, née à la cabane de l'autre Michelle, fille du petit Michel, que le berger Nans avait rapporté de la Guirande : « Viens ici ! Va te coucher ! » étaient à peu près toutes les paroles qu'il lui adressait, en plus des tapes amicales ou des caresses en plein museau, aux heures de jeu.

Maintenant Michelle lui apparaissait ici comme une bête libre, qui a sa vie bien à elle, une vie où les maîtres ne sont que des ombres sans importance et il la regardait avec de nouveaux yeux.

Elle avançait lentement, le mâle la suivait de tout près, collant son museau à la croupe de la chienne, la caressant à petits coups de langue. Les deux animaux s'étaient arrêtés en plein milieu de la terrasse et Michelle se coucha, comme pour se donner du temps. Aussitôt le grand chien, tout noir, avec sa gueule haletante, lumineuse du blanc de ses dents, se coucha tout contre elle et se mit à lui mordiller délicatement les poils au long du dos, puis comme son museau se trouvait près du ventre de la chienne, il l'enfonça dans le chaud mouillé de l'entrecuisse et resta immobile. Michelle s'était allongée sur le flanc et, relevant légèrement sa patte de derrière, elle se laissait respirer avec un air grave et paisible.

Ollivier voyait luire son regard doré, long et doux, comme celui d'une femme qui vous aime. Et sous ce regard, le chien eut un grand gémissement d'amour.

Ollivier se souvint combien de fois il avait ri avec d'autres gamins en voyant ces chiennes folles, courir à travers bois et routes, poursuivies par une foule de mâles entêtés et, combien de fois, comme ses amis, il leur avait jeté des pierres pour les séparer. A cette minute une pareille idée était bien loin de son esprit. Il retrouvait dans les regards de Michelle et du chien noir la même expression de bonheur qu'il avait vue aux yeux du fils Marcelin, le jour où il avait épousé sa jeune fille de bûcheron, poursuivie depuis des années. Ollivier était monté au hameau boire le café et manger des gâteaux avec les mariés, l'après-midi de la noce, et il les avait surpris en train de se serrer, sous le hangar à bois :

— Tu veux pas ? disait à voix basse Marcelin.

— Tout à l'heure... tout à l'heure..., répondait la fille haletante.

Ici, sans paroles, c'était la même chose, seulement les bêtes se cachaient moins.

« Et encore, ça c'est pas sûr, se redit Ollivier. Peut-être que quand elles font ça devant tout le monde, c'est parce qu'elles peuvent pas arriver à être seules. Je sais bien que les pigeons se montent dessus, au plein soleil, sur le bord du toit. Pourtant, quand on met la main dans les nids, souvent on en rencontre deux qui sont là à deux, bien dans le fond, à se becqueter. Les lapins, c'est pareil, quand on met les femelles au mâle et qu'on attend pour voir s'il tombe en arrière, preuve que la femelle est prise, ça ne plaît pas à tous les lapins qu'on les regarde. Le gros gris que nous avons, y faut mettre un sac devant la cage et regarder juste par un petit coin, alors y commence à faire des caresses à sa femelle, y la mordille, y la lèche et finalement, y la prend. On comprend que s'il avait un terrier à lui, y l'emmènerait au fin fond, comme les lapins des champs, pour se cacher. Alors, en somme, les bêtes et les gens, ça fait l'amour de la même manière. »

Pendant les réflexions nouvelles qu'il se faisait sur ce sujet, il s'aperçut que les deux animaux s'étaient levés et que le chien noir dansait autour de Michelle, dans une course de jeu, en revenant à chaque tour lui lécher le museau. Mais la chienne n'avait plus cet air calme de tout à l'heure. Elle se tenait au centre du rond, raide et tendue, plantée sur ses quatre pattes qui semblaient fichées en terre. Ollivier vit qu'à chaque approche du mâle, elle présentait sa croupe dressée, avec la queue nerveusement rejetée de côté. Elle grondait et gémissait, comme impatiente.

« C'est elle qui le demande », pensa Ollivier.

Il s'était à moitié tiré de l'eau de bassin et s'était accroupi sur la pierre du bord, aucun bruit ne l'avait trahi et les deux bêtes ne semblaient pas l'avoir vu. Son cœur tapait en lui et lui battait jusque dans la gorge, comme s'il était en danger. Il sentait le sang affluer à ses tempes. Le souffle d'un vent plus fort passait à présent dans les branches des arbres et les faisait chanter. Ollivier jeta un regard désespéré dans ce désert matinal où il se sentait seul devant toutes les forces puissantes de la nature, il aurait voulu, tout à coup, se retrouver petit enfant dans les bras d'Arnaude et jouant avec Michelle, comme il le faisait, quand elle n'était pour lui que la gardienne familière de la maison, au lieu de cette femelle enragée de désir qu'il venait de connaître.

A présent le chien noir était monté sur la chienne et il l'avait prise. Dans leurs yeux à tous deux, dont Ollivier voyait le fond de lumière, il y avait des expressions différentes. Dans ceux du mâle, une saoulerie exaspérée, dans ceux de Michelle, une dureté, une attention extraordinaire. Tous les instincts de la femelle semblaient s'être réunis dans celui de faire ce qu'elle faisait et de le faire bien, comme l'œuvre même, qui était sa raison d'exister. On voyait à ses mouvements de flanc qu'elle se donnait autant qu'elle le pouvait, et de manière à parfaire l'acte. Quand elle poussa un sourd gémissement et que le grand chien noir, après avoir été secoué d'un sursaut, retomba à terre, Ollivier se sentit remué dans tout le profond de sa chair. Alors dans le clair de l'eau où son corps nu se reflétait, il vit pour la première fois que lui aussi, il était un mâle tout prêt pour l'amour.

VIII

Dans la vallée, les figuiers avaient autant d'oiseaux que de figues, les pommes avaient toutes pris un coup de soleil et elles faisaient des taches rouges dans l'herbe épaisse du regain. Septembre faisait brûler comme une torche un arbousier égaré dans les pins de Grand-Cap. Les frondaisons racornies des chênes abandonnaient sur le sol leurs glands de bois verni, gainés de cuir. Le vent faisait courir les feuilles mortes, comme des batailles d'oiseaux, le long des sentiers.

Félicien se réjouissait de pouvoir sortir davantage de sa tanière. Il faisait nuit à 5 heures, les promeneurs d'août ne se perdaient plus dans les bois. Éveillé les matins par le « tit-tit-tit » de la grive, le garçon sortait dans les sentiers mouillés de rosée, il livrait à la fraîcheur automnale sa chair chaude de la nuit. Puis, dans le bon du jour, il sentait avec plaisir les dernières chaleurs de l'été chauffer son dos maigre. Seulement il s'ennuyait quand même. Il se sentait trop seul.

Ollivier avait repris son travail de coupe du côté de Bramafan et ne venait plus aussi souvent coucher au moulin. Arnaude retrouvait sa confiance, elle finissait par croire que les gendarmes savaient la présence de son fils au pays, mais fermaient les yeux, par bonté.

Alors, sans mère, sans frère, abandonné à lui-même, Félicien pensait à Renée. Elle était la dernière femme dont il avait eu les caresses et, maintenant, il passait des heures d'insomnie à les recréer lui-même sur son corps. Il s'épuisait ainsi en de pauvres plaisirs, qui le laissaient haletant, sans forces et baigné de sueur. Il aurait voulu revoir son amie des anciens jours, celle qui, aux heures où la peur le courbait comme sous un mauvais vent, lui relevait le menton entre ses doigts aux ongles peints de rouge et lui disait : « Du courage petit ! Oublie pas que tu es un homme. » Il roulait sa tête en imagination sur les seins moelleux de la consolatrice, il écartait le tissu du corsage et il cherchait la chair avec sa bouche. Dessous cette chair gonflée de vie, il entendait battre le cœur et de ce cœur, il en connaissait tout le tendre.

Renée... Ah ! pourquoi ne lui avait-il pas écrit déjà qu'il était là, à deux heures de Marseille ? Elle viendrait, elle se coucherait contre lui sur la paillasse dans ce lit fait dans un infer, il retrouverait son beau rire coulant dans sa gorge comme l'eau du Gapeau sous les branches, il aurait encore dans les mains ces seins, ce corps à peau douce, il s'entendrait encore dire « Mon chéri »... Oui, mais livrer au hasard de la Poste son nom et le lieu de sa cachette ? Quel danger ! Et il savait bien qu'il aurait encore moins l'audace de se risquer jusqu'à Marseille, dans ce quartier de la rue de la Reynarde où il serait vite reconnu et sans nul doute repris. Pourtant cette idée de femme commençait à le rendre fou.

Tout cet été, les rires des filles excitées par la venue des permissionnaires étaient montés vers sa solitude, échauffant son ardeur. Alors, abandonnant le souvenir de Renée, il se rappelait le temps où il descendait le dimanche vers Solliès, pour s'attabler avec son frère Joseph devant les longues planches dressées sur des tréteaux et poisseuses de la bière renversée que les mouches venaient boire.

Avec des regards en dessous et des mines hypocrites, ils détaillaient les jeunes filles venues des hameaux environnants, vers cette grosse joie de la danse aux bras des garçons. Les autres jours et même le matin de ces dimanches, les mères ne permettaient pas d'autres contacts que les rapides regards échangés au long de la Promenade. Cette Promenade, chaque village avait la sienne, longue de cent mètres, ombragée de platanes gras ou de minces cyprès. A la sortie de la messe, les jeunes filles avaient le droit d'y passer, par bandes de cinq ou six et se donnant toutes le bras. Elles tenaient ainsi le large de la route et lorsqu'elles rencontraient la bande des garçons venant en sens inverse, elles se serraient épaule contre épaule, pour leur laisser le chemin. Le plus souvent les garçons suivaient. Massés à la porte de l'église, ayant arrêté le jeu de boules, ils attendaient que les robes claires des fillettes aient remplacé les jupes épaisses des dévotes. Les petites, avec des rires arrogants, passaient devant eux et s'étalaient sur la route comme une gerbe déliée. Alors ils partaient derrière à dix pas et prenaient par avance leur plaisir en suivant les mouvements de ces corps de filles. Ils savaient qu'à la nuit tombée, ils sauraient pousser l'une d'elles dans un chemin du bord de l'eau et en profiter. Pour l'instant, ils les saluaient avec politesse et faisaient les soumis. Des regards s'échangeaient, quand l'allée débouchant sur la place décorée par les guirlandes du bal, le groupe des filles tournait sur lui-même et se trouvait en face du groupe des garçons. Aucune parole ne devait être prononcée et le jeune homme qui l'oubliait était sévèrement grondé le soir :

« Pourquoi tu m'as dit bonjour ? lui disait son amie. Tu m'as fait manquer devant toutes les filles, et si quelqu'un le dit à ma mère, je serai belle ! »

Donc les yeux seuls, plus passionnés que des paroles, étaient chargés de se communiquer toutes les promesses des plaisirs prochains et surtout entre les jeunes amants : Anna Toucas et Auguste Venel, Hélène Mazaugues et Marcel Séguier, Nine Desmichels et Félicien.

Cette Nine, c'était sa cousine. Elle portait le même nom de famille que lui, puisqu'elle était la fille, née à la Guirande, de Sébastien Desmichels et de cette Madeleine Roussel, qu'après la mort du père, il avait fait divorcer pour l'épouser. Au moment de la mobilisation, Nine avait vingt ans, elle n'ignorait pas ce que les garçons voulaient des filles, quand ils les renversaient sur les talus du Gapeau. Elle le leur accordait volontiers et Félicien n'avait pas été le premier à la rendre heureuse. Il y pensait ces matins d'automne, moites d'une vie humide qui renaissait par-dessous les feuilles mortes, avec l'odeur des champignons rouges, les pignants, suant leur sève de sang. Plus que pendant ce printemps où il avait trop tremblé de peur et cet été où il s'était anémié dans sa solitude, il sentait une vigueur d'homme remonter dans ses centres de vie et il aurait voulu une femme, tout de suite, dans ses bras et dans ses jambes dures, une femme, n'importe laquelle : Renée, Nine ou une autre, pourvu qu'elle voulût bien se laisser faire. Mais une autre, où aller la chercher? Renée, il n'osait pas, il restait Nine. Oui, et il le savait, elle viendrait. Pour un foulard, pour un bijou, pour peut-être seulement le souvenir de leurs caresses, elle viendrait s'il le lui demandait. Sa mère, malade, la laissait libre et elle ne se souciait guère des gronderies, mais c'était lui, Félicien, qui craignait d'être vu s'il descendait jusqu'aux Sénès, où elle habitait.

Allongé sous un chêne d'où les écureuils lui envoyaient des morceaux d'écorce, il tordait et détordait, au-dessus de sa tête, des doigts adoucis par l'oisiveté. Il cherchait de toute sa cervelle le moyen d'obtenir sa joie. D'un coup, il trouva et cela le fit se relever d'un jet sur ses reins. Assis, il s'étira et jeta ses mains entre ses cuisses. Son sexe dur et brûlant y faisait une bosse qu'il caressa de la paume. Tout son corps se tendit en arc pour se donner et il gémit de désir. « Comment faire ? Comment ? pensait-il. Mais, ne pouvant descendre, qui lui ferait la commission ? Ma mère ? N'en parlons pas. Elle pousserait des hauts cris. Et personne ! Personne d'autre... Pas un ami, pas un chien... »

Soudain il trouva : Ollivier ! Voilà celui à qui il pensait pour lui aider à voir Ninette, pour lui dire qu'elle vienne, pour la lui amener.

L'après-midi, il monta dans la forêt de Bramafan, où il savait que son frère taillait à la hache. Il tourna autour du travail, fit le gentil, le doux, enfin il expliqua les choses, les yeux baissés, gêné comme les hommes, quand entre eux, ils parlent d'amour. Ollivier essaya de se défendre, il dit sa peur d'être remarqué, le danger de la dénonciation, le souci que se ferait Arnaude, et il hésita. Mais Félicien arrangea la marche à suivre pour ne rien risquer et Ollivier finit par promettre.

Félicien lui dit :

— Tu es brave, je compte sur toi.

Depuis la guerre, on ne dansait plus sous les ombrages

des places, dans les villages où les jeunes gens manquaient. On se souvenait de ce dernier bal, pendant lequel les gendarmes étaient venus prévenir les marins, arrivés en permission depuis Toulon, d'avoir à rejoindre au plus vite leur dépôt. C'était le dimanche avant la mobilisation, une tristesse avait engourdi les danseurs et le bal s'était terminé sans gaieté.

Mais Ollivier savait bien où trouver Nine Desmichels. Il pensa, la nuit suivante, qu'en cette période de l'expédition des pommes, elle devait, comme tout le monde dans la vallée, faire la cueillette des fruits. Le lendemain en descendant, il la rencontra tout de suite, dans le verger des Fumades, cette ancienne terre du Maître de la Guirande, restée à la veuve de Sébastien et à sa fille.

— Té, Ollivier ! lui cria-t-elle, depuis la branche où elle était posée. Tu es par ici ? C'est rare de te voir !

— Je suis descendu pour un marché de bois, dit le garçon.

— Et ta mère, dit-elle, elle va bien ? Et de Félicien, toujours pas de nouvelles ?

Il pensa : « Elle ne l'a pas oublié, elle a parlé de lui tout de suite. » Content pour son frère, il se sentit vaguement mécontent pour lui.

— Non, dit-il très vite, puis : Tu veux que je t'aide un peu ?

— Va, je veux bien ! dit-elle, y en a trop, de ces pommes, on finit plus de cueillir !

— Tu dis pas ça quand tu les vends, remarqua-t-il. Ça fait des sous !

— Oui, mais moi, j'aime mieux aller danser et m'amuser que de me faire mal aux doigts sur les arbres. Maintenant on danse plus et personne rigole.

— Tu dansais beaucoup du temps de Félicien, hé ?

Il avait jeté ça d'un air si drôle, qu'elle le regarda en plein dans les yeux, avec ses yeux hardis sous de beaux sourcils qui se joignaient et lui mettaient au front comme un vol d'hirondelle.

— Qu'est-ce que tu veux dire ? Oui, je dansais beaucoup et beaucoup avec Félicien. C'est ça que tu veux dire ? Tu es jaloux ? Tu veux me fréquenter ?

Elle rit à pleine gorge. Ollivier se sentit rougir. Il prit son grand courage.

— Non, dit-il, c'est pas pour moi, c'est pour Félicien. Personne peut nous entendre ici ?

— Tu vois ! dit-elle. A moins que les pommiers aient des oreilles !

Elle montra le grand verger vide autour d'eux et sauta d'un bond sur le sol, puis désignant le tas de pommes :

— Aide-moi, tiens, à mettre tout ça dans les paniers et dis-moi tes raisons, que tu me fais languir.

— Écoute alors. Mais avant, y faut que tu me jures que ce que je vais te dire, pas un mot en sortira jamais de ta bouche.

Le rire qui roulait dans la gorge de Nine éclata. Sa bouche était comme de la pulpe de fruit, remplie de sève rouge.

« Cette bouche », se dit Ollivier. Qui sait Renée ? Qui sait si Renée avait une bouche belle comme ça ? Félicien va l'embrasser sur cette bouche. Je le sais, j'ai vu Marcelin embrasser sa femme, je sais comment ça se fait, Félicien mettra cette bouche sous la sienne, il poussera les lèvres à coups de lèvres, y les poussera, les écartera, y trouvera les dents, la langue, tout le chaud, tout le mouillé... »

Un nuage tourna sa vue, puis s'étant calmé, il dit durement :

— Pas un mot, jamais ? Tu as compris ? Dis oui, et je te parlerai, c'est pas des choses pour en rire.

— Tu me fais peur, dit Nine.

— Jure-le.

— Je le jure.

— Tu le jures sur la tête de ta mère ?

Le rire montra encore une fois la lumière des dents entre les lèvres grasses de la fille. Elle dit :

— Ma mère, tu sais, si chaque fois que j'ai juré sur sa tête, elle était morte, je me serais ruinée pour les couronnes !

Ollivier n'osait plus parler. Confier à cette folle ce grand secret de la cachette de Félicien, c'était une chose à faire réfléchir.

— Tiens, je te le jure sur la tête de Félicien !

— Quoi ? dit-il, effrayé de ces mots qui s'accordaient si profondément avec sa pensée !

« La tête de Félicien... La tête de Félicien, baissée devant les douze petits trous des douze canons de fusil, réservés aux déserteurs... la tête de Félicien... »

— C'est que tu sais, dit-elle, je l'aime ton frère, si je jure sur lui, cette fois, tu peux être tranquille.

D'un coup, un semblant de sérieux s'était installé dans les regards de Nine, comme un chat qui se couche après avoir fait mille folies et semble couché pour toujours dans sa sagesse.

— Bon, dit Ollivier, cette fois je te crois. Alors écoute-moi...

Et il baissa la voix pour parler.

Nine était devenue pâle.

— Oui, je comprends, dit-elle, et j'irai parce que je serais bien contente de le voir, moi aussi.

— Tu feras bien attention que personne te rencontre, hé ?

— Sois tranquille, il lui arrivera rien par ma faute, promit Nine. Écoute, en ce moment, le soir avec ma mère, on prépare les pommes pour expédier, mais dans deux, trois jours, je serai libre, je monterai vers les six heures, dès que la nuit sera tombée.

— Tu sais le chemin ? dit-il.

— Ô, oui, va !

Elle rit à nouveau.

« Elle y est venue avec d'autres, pensa Ollivier. Elle est venue dans nos bois avec un des garçons de la vallée. Elle est montée avec lui, par les sentiers. Elle s'est laissé embrasser, elle s'est laissé toucher. C'est elle qui a demandé... »

Aussitôt une phrase dans sa tête s'accrocha à celle-là : « Comme Michelle », il se dit.

Il ne comprit pas tout de suite d'où cette image lui avait sauté dessus et il ajouta :

— Je te guetterai avec le fanal.

— Ô, c'est pas la peine, je me trouverai bien seule. Je les connais les sentiers du bois !

Il avait envie de la frapper. Doucement il dit :

— Allez ! Entendu alors, je vais le lui annoncer.

Il lui tendit la main avant de s'en aller. Elle lui prit le poignet et le tira vers elle :

— Fais-lui une bise pour moi en attendant ! Viens, je vais te la faire pour que tu la lui portes.

Elle pressa, d'un geste prompt, le corps du garçon contre le sien. La bouche en fruit de la fille toucha la joue d'Ollivier, au coin des lèvres. Elle riait et il sentit ce rire verser dans sa gorge à lui, un roucoulement de pigeon. Il se tira de force en arrière, effrayé de la grosse envie qui lui avait pris de se jeter en avant et de trouver le fond de cette bouche.

Il s'arracha si brutalement à la caresse que Nine jeta sa main sur ses lèvres :

— Sauvage ! dit-elle, tu m'as fait mal.

Ollivier sauta du verger sur la route, par-dessus le ruisseau et se mit à courir. Le vent soufflait autour de lui, le prenait et le quittait et lui arrachait ses vêtements. Ce vent d'automne, qui glace les fins de ces jours, si semblables à ceux du printemps. Il se sentit froid, ferma sa chemise mince sur sa poitrine où les poils commençaient à pousser. Ses dents claquaient, il grelottait des épaules et sa tête, pourtant, bouillait dans un engorgement de sang. Le centre de son corps brûlait.

Une voix répétait, qui semblait mettre son cri dans tout l'univers : « Michelle... Michelle... »

Ollivier revit devant lui, sur la route, les longs yeux dorés de la chienne et cette exaspération qu'y mettait le besoin d'amour.

Et il lui semblait que toujours, maintenant, il allait voir cette ardeur entre le Monde et lui.

IX

Comme trois chemins qui se côtoient, se séparent, se rejoignent, les vies d'Arnaude, de Félicien et d'Ollivier semblent être à peu près la même vie et cependant chacune a son paysage bien à elle.

Arnaude existe sans y faire attention, ainsi que les femmes vieillies, qui ont tout donné d'elles et à qui personne ne donne plus rien. Elle a aimé Antoine, il l'a aimée, il lui a fait trois fils, puis il est mort. Elle, maintenant, elle vit pour les deux garçons, elle les soigne, elle voudrait leur trouver de bonnes femmes qui les aimeraient comme elle a aimé son mari. Ensuite, elle pourra s'en aller, elle aussi, et trouver un endroit où se reposer dans la mort.

En attendant, elle fait dans la cabane son travail de toujours : le ménage, la cuisine, le lavage du linge. Quelquefois elle aide Ollivier à fagoter le bois qu'il descend vendre dans la vallée. Elle croit que la guerre va finir, tous les journaux le disent, il paraît. Alors Félicien se guérira et se remettra vite. Voilà tout l'horizon d'Arnaude.

Ollivier, lui, ses bois et son ciel sont un paysage de tourmente, comme quand l'orage va éclater et qu'on pense à ouvrir sa poitrine avec un couteau pour mieux respirer. Cette Nine, il la voudrait pour lui. Et Félicien est là comme un affamé, à parler de Nine avec une envie de pain. Tous les soirs, les garçons l'attendent et, tous les soirs, Félicien se fait répéter la conversation dans le verger des Fumades :

— Alors après ? Qu'est-ce qu'elle t'a dit ? Et toi alors, qu'est-ce que tu lui as répondu ? Et quel air elle a eu au commencement ?

Ollivier redit tout, sauf le baiser, qu'il garde pour lui. Ce baiser, c'est une poignée de chardons dans le lit, ça empêche de dormir toute la nuit. Et il lui semble qu'au coin de sa bouche, il est resté une marque. Il aimerait mieux se taire ou partir, mais Félicien lui dit :

— Reste, je languis moins avec toi.

Dès que la nuit est tombée, depuis quatre jours, les deux garçons vivent dans l'espoir de ce bruit de pas qui amènera Nine et pas moyen d'empêcher Félicien de parler dans le noir pour lui seul :

— Comme je l'ai eue, je dois dire que c'était pas beaucoup difficile. Elle allait avec l'un, avec l'autre. Moi, je la voulais, mais j'osais pas. D'être cousins, ça me faisait un peu honte. Pourtant un soir qu'on avait pris chaleur à s'être serrés comme des fous, en dansant au bal de Bellaïgue, j'avais tant senti qu'elle se frottait à moi et qu'elle en voulait, que j'ai pris courage. A la nuit, sur le vieil escalier de sa fenêtre, elle avait les cuisses toutes nues...

— Attends, coupe Ollivier, j'ai entendu du bruit.

Ce n'était pas vrai, mais ça le blessait d'entendre raconter ces choses. Ça lui faisait une sorte de jalousie, comme quand il était petit et qu'aux vogues des villages, on lui servait une grenadine, quand les hommes buvaient de l'anis.

D'autres fois, Félicien disait :

— Elle ne viendra pas, elle s'est foutue de toi. D'abord je le sais, moi, que c'est une garce !

Et d'autres fois encore :

— Je sais qu'elle viendra. Avec ses airs de pute, c'est une brave petite et dans les temps, je lui plaisais beaucoup.

Il est tout rouge, la sueur coule sur son front. A sa tempe, une grosse veine se tord comme un serpent coupé.

Ollivier répond par oui, par non.

Il a apporté à son frère une chemise propre et son ancien costume des dimanches. Puis un rasoir, de l'eau de Cologne, une pochette de soie. Quatre soirs de suite, vers les six heures, Félicien s'est changé, il s'est passé de l'eau de Cologne sur les cheveux et il a attendu. A la fin, Ollivier remontait à la cabane. Tout le long du chemin, il ne pensait qu'à Nine. « Je suis bien content qu'elle ne soit pas venue et pourtant pour Félicien, ça m'ennuie. Allez comprendre ces raisons d'en dedans, où votre propre lampe ne porte pas la lumière. »

Il s'étourdissait en grimpant à grands pas vers la cabane. Arnaude disait :

— Comment il va ?

— Bien, disait-il et il allait se coucher.

Ce soir, à peine le jour noircissait sous les arbres, que le bruit s'est fait entendre.

— Regarde vite par le fénestron, dit Félicien.

— C'est elle, dit Ollivier.

— Va-t'en, va-t'en vite... dit Félicien.

Il est comme fou et il le pousse dehors.

Quand Ollivier sort du moulin, il entend son frère lui recommander à voix basse :

— Et surveille le chemin, hé ?

Sur la terrasse, il voit Nine.

— Ô, c'est toi ? dit-elle. Tu m'as fait peur ?

Elle tend une main fraîche à celle du garçon qui brûle. Cette idée de femme, qui depuis cinq jours ne l'a pas quitté...

— Bonsoir, dit-elle dans un rire, tu vas bien ? Moi j'ai couru. Sens !

Elle met les doigts du garçon sur ses doigts, contre le rond d'un sein, qui bouge sous la paume d'Ollivier avec une vie de bête captive.

— Tu entends si le cœur me bat ? dit-elle encore.

Ollivier a tiré sa main comme du four à bûches. Il détourne les yeux. Il gronde.

— Entre vite, qu'y a déjà assez longtemps qu'y te languit.

Nine le regarde au fond des yeux. Ce regard, c'est un couteau qui fait son trou jusque dans la plus tendre chair.

— Allez, entre ! dit-il.

Et il la pousse dans l'étable.

Il voit Félicien qui est debout dans l'ombre se jeter d'un élan vers la fille. La porte se referme sur eux. Il est seul, il monte lourdement vers le bois, il est essoufflé, comme ce jour où il a voulu forcer un sanglier qui lui avait déboulé dans les jambes. Il préférerait se désintéresser de tout ça et aller vers la cabane où sa mère est seule elle aussi, sans savoir qu'elle pourrait trembler pour son Félicien. Elle ignore la visite de Nine à Sinssol et Ollivier sait bien qu'elle n'approuverait pas ce rendez-vous. Quand Arnaude a parlé de Nine, ç'a été pour dire :

— Celle-là, elle fait guère honneur au sang des Desmichels.

Oui, Ollivier voudrait s'en aller, mais il doit rester, pour guetter le mauvais qui pourrait venir. Il cherche ce gros chêne-liège où la foudre a creusé un trou bon à se cacher. De là, sans être vu, sur le trait de la route qui suit le clair du Gapeau, il pourra voir arriver les gendarmes. Il se fait sa place dans le coussin de feuilles mortes, tombées au milieu de l'arbre. Il s'installe bien, les pieds arc-boutés contre une branche maîtresse. Dans la nuit, il sent l'arbre entier vivre autour de lui. Des mouvements de bêtes y mettent une activité qu'il connaît bien. Là-haut, cet éboulis d'écorce, ce sont deux écureuils, jouant à se poursuivre. Levant la tête, il devine les corps souples des roussets, avec leur quatre pattes étendues et leur queue tombante, sautant d'un rameau sur l'autre. En bas, ce bruit doux de papier froissé, c'est une mulotte mère arrangeant son nid. De temps en temps, un bout de vent perdu s'amuse avec les feuilles extrêmes des branches, court tout autour en jouant au rondeau, remonte au plus haut du ciel, puis se laisse tomber tout à coup en entier, avec une lourdeur de pierre, dans le centre de l'arbre. Alors les cheveux d'Ollivier remuent un peu sur sa tête, comme un champ d'avoine en boucles noires.

Un grand moment, il profite de tout ça, perdu dans une sorte de béatitude qui lui est bonne ; il se sent gonflé d'orgueil à penser qu'il protège son aîné et que rien de mal ne peut arriver à Félicien, puisque lui, Ollivier, est là qui le garde. D'avoir vu tant de joie tout à l'heure sur le visage de son frère, une petite chanson heureuse se forme en dedans de lui. Il en suit doucement le mouvement berceur, avec son pied qui, contre l'arbre, marque la mesure.

Et tout d'un coup, il s'aperçoit qu'il ne s'écoute plus. Il s'est perdu... Une chose essaie d'entrer dans son attention, deux noms se sont formés et sont là, écrits en gros :

« Nine, Félicien. »

C'est à eux qu'il pense. Oui, mais plus comme tout à l'heure. Ils ne sont plus les protégés fragiles de sa bonne force jeune et fidèle. Des visages et des corps enflammés s'étalent devant ses yeux. Sa bouche se tord dans un pli dur où la chanson s'écrase. D'un mouvement de reins, il se laisse glisser hors de l'arbre et se trouve debout. Il regarde la porte par où Nine est entrée, enfin il traverse lentement la terrasse et, sans l'avoir voulu, il se trouve l'oreille contre le bois, en train d'écouter.

Il n'entend rien, on dirait que tout est mort là-dedans.

Pourtant il le sait bien, lui, que des chairs vivantes y mêlent leurs chaleurs. « Leurs chaleurs... » Ce même nom que sa mère donne aux folies de la chienne. De ces chaleurs, il sent le feu monter dans sa peau et brûler le milieu de lui. Qu'est-ce qu'ils font tous les deux là-dedans ? Il voudrait voir, il voudrait entendre.

« Cette bouche mouillée de Nine, cette bouche fiévreuse de Félicien. Ces cuisses rondes de Nine, ces cuisses dures de Félicien... »

Comme les serpents enlacés, bavant d'amour, qu'il sépare à coups de bêche dans les terres qu'il défriche au bord des bois, il voit se mêler ces jambes, ces ventres, ces bras, ces poitrines.

« Les seins de Nine... » Elle échancrait assez ses corsages pour qu'on puisse savoir qu'ils étaient de chair douce et pleine et bonne à toucher. « Les toucher, les voir... »

Son pas silencieux, tournant autour des murs l'emporte, sans lui demander s'il veut suivre. Il se trouve allongé à terre, devant un soupirail barreté de fer, qui donne sur l'intérieur du moulin. Son cœur fait un sourd écho contre la pierre. Il ouvre grand les yeux, sur le sombre du dedans. On ne voit rien, mais des bruits mêlés montent vers ses oreilles tendues, ce sont de vagues heurts sonnant contre les infers et soudain la toux violente de Félicien, cette toux qui le secoue souvent comme une bourrasque et qu'il essaie en vain d'étouffer sous ses doigts. Puis un silence se fait, si bien établi qu'il semble ne plus devoir finir, un silence qui laisse couler dans le sang d'Ollivier la source d'une eau pure, au lieu de l'eau ardente de ce rêve pourri.

Dans ce silence d'une minute et si long, il croit qu'il s'endort enfant, dans la cabane, entre le père revenu, la mère, Félicien, Joseph encore vivant. Et dans le calme de ces bonnes présences, il glisse mollement au repos.

Ce qui l'éveille, il ne le sait qu'après, en se sentant encore flamber du feu dévorant. Ce n'est pourtant qu'un petit bruit, faible, doux et chargé de sanglots, comme le chant de la colombe. Une note dans un appel de huppe, un tintement de sonnaille dans un troupeau lointain, une chose tendre et déchirante, qu'une autre chose tendre et déchirante, sitôt appelée, aussitôt vient rejoindre...

Relevé de tout son corps, Ollivier cherche d'un regard éperdu dans la nuit, une réponse à sa question :

« Qu'est-ce que c'est ? Qu'est-ce que c'est ? »

Car jamais encore, il n'avait entendu une femme amoureuse chanter sa joie.

Mais Nine parle ensuite et Ollivier comprend. Alors ce feu qui a pris dans la chair neuve du garçon jette les fusées enflammées de la pomme de pin qui éclate et tout est brûlé en même temps, dans lui : le fruit de la bouche, l'herbe des cheveux, la fraîcheur de la peau. Ses mains tremblent. Cette flamme qui est tombée sur lui comme une essence en feu, coule de sa tête à ses pieds. Il en est inondé jusqu'en ses plus menus vaisseaux. Chaque cellule de son corps est une place dynamitée qui explose, en communiquant l'incendie au long de sa course.

Il flambe tout droit, comme un arbre.

Mais il essaie de se sauver du feu. Il s'en tire d'un bond, avec les reins. Il se jette vers l'humide glacé de la forêt, il se pousse des épaules et des hanches dans le caché noir des chênes. Il a oublié son devoir de gardien, il ne pense plus qu'à se délivrer de la bête qui le consume, il tombe sur les pierres, il se couche, la bouche contre les racines, il se met à crier à voix basse et ses dents mâchent l'amertume de tout.

La plainte sort de lui par saccades, comme le sang d'une blessure :

— Moi, il crie, moi, moi...

Puis soudain la torche de flamme l'emporte dans son tourbillon, il monte sur la spirale rouge au plus haut de l'air, il monte, il monte, le vertige tourne dans sa tête, tous ses sens le servent et l'aident, par chacun de leurs organes attentifs, il monte, il monte, il grandit, il se gonfle, il est énorme, il est nourri de tout l'univers...

— Ah !

Le choc de la retombée, d'un coup lui a cassé les reins. Sous la faiblesse subite qui l'écrase, la chair défaite, les ongles dans la terre, les cheveux dans les herbes, la bouche vers le ciel qu'elle a empli de son cri, il sent qu'il est mort...

Une moiteur nouvelle mouille sa chair, dans les endroits secrets.

X

Félicien, allongé sur le lit d'Ollivier, est si plat de corps qu'il semble faire partie du matelas. Ses genoux osseux font deux pointes sous les couvertures. Arnaude est en train de lui préparer un cataplasme. Elle a fait couler la farine de lin bouillante sur le papier gris plié en quatre. Elle attend que ça tiédisse, en regardant tristement son fils aux yeux fermés.

— Il dort ? demanda-t-elle à Ollivier.

— Je crois pas, dit Ollivier.

Lui, assis auprès de la table, lit le journal et bâille.

Cela fait six jours de suite que Félicien reste à la cabane. Une nuit, au moulin, après le départ de Nine, qui venait là pour la cinquième fois, il a eu un étouffement qui a épouvanté Ollivier, et il a emmené son frère à la maison pour que sa mère le soigne.

— Je ferais bien venir le médecin, mais ça se saura, dit Arnaude.

— Je pourrais aller en chercher un à Toulon ? dit Ollivier.

— J'ai peur, dit Arnaude.

Elle le soigne à son idée avec de la tisane d'eucalyptus, de violette et de mauve. Dedans, elle met une bonne cuillerée de miel et de la blanche qu'elle fait brûler d'avance. Il tousse moins que les premiers jours et il se lève un peu, mais il est encore bien faible.

De tisane en cataplasme, les heures passent.

Félicien vient d'ouvrir les yeux.

— J'ai soif, dit-il.

Il a toujours soif.

— Bois, petit, dit Arnaude en le soulevant. Après, je te poserai le cataplasme.

C'est à ce moment qu'on frappe dur contre la porte. Ils se regardent tous les trois. Pas un ne bouge. Le même heurt violent se fait entendre puis une voix qui dit :

— Au nom de la loi...

— Les gendarmes ! dit Félicien.

Il se laisse glisser sur le côté. La tasse qu'il tenait à deux mains perd son équilibre dans les doigts sans force et verse mollement sur la chemise, une rivière parfumée.

— Maman ! dit encore Félicien.

Ollivier, dressé d'un coup, ouvre, au fond de la cuisine, la porte qui donne sur le bûcher et veut prendre Félicien à bras-le-corps. Il lui souffle :

— Tiens-toi bien, je vais te cacher dedans les fascines, y te trouveront pas.

Mais Félicien ouvre des yeux vides et se cramponne des deux mains au bord de son lit.

— Non, non, dit-il, non...

Et sur son visage la sueur ruisselle.

— Viens, dit Ollivier.

Il tire sur les mains de son frère.

— Je peux pas bouger, dit Félicien.

Sa peur lui crie dans les oreilles : « Tout cas de désertion en présence de l'ennemi sera puni de la peine de mort. »

Ses dents claquent.

— Mais je te porte, insiste Ollivier.

— Non, laisse-moi, je me sens mourir.

— Laisse-le, dit Arnaude, c'est trop tard, ils sont là. Va ouvrir.

Au geste d'Ollivier, la porte arrachée à ses doigts tape violemment contre le mur.

— Eh ben, dit le brigadier, vous pouvez vous vanter de nous avoir fait courir !

— Tiens, c'est toi, Angiollini, dit Arnaude.

— Oui, j'aurais mieux aimé que c'en soye un autre.

— Je te crois.

Elle est calme tout d'un coup. Il lui semble qu'avec Angiollini, ça va s'arranger. « Cet Angiollini, dans le temps, c'est un homme qui m'a aimée », pense Arnaude.

L'autre gendarme, c'est un blond jeune qui n'a pas l'habitude. Il reste de deux pas en arrière sur son supérieur. Il regarde la cabane des charbonniers d'un air méprisant. Tout est propre, bien rangé, mais ça fait pauvre.

— Asseyez-vous, dit Arnaude. Vous prendrez bien la goutte ?

Le jeune gendarme rougit d'un coup. On lui a appris qu'on ne doit pas accepter à boire chez les délinquants.

— Non, va, nous fais pas boire, dit Angiollini, le cœur n'y est pas.

Il s'assied, ses bottes devant lui sont deux colonnes noires.

— Ça me fait peine, dit-il encore.

— Allez, bois, dit Arnaude.

Elle a sorti deux petits verres roses du placard. Elle les essuie avec un beau torchon pur fil. Ils avaient encore la poussière du neuf. Elle se voit, les achetant au cours La Fayette, à Toulon, avec Antoine et Nans, toute fière de monter son ménage. Il y a aussi le petit carafon pareil, mais comme on ne s'en servait jamais pour y mettre la liqueur, Arnaude a placé dedans une rose artificielle et il est maintenant sur la commode de la chambre, à côté du portrait de Joseph.

— C'est bon, dit Angiollini, on sait pas dire ce que c'est ?

— C'est de mon invention, dit Arnaude, c'est du vin blanc vieilli avec de la fleur de camomille et de l'écorce d'orange, c'est ce qui donne ce goût un peu amer. Ça te plait ?

— Oui, dit Angiollini, c'est un peu amer, mais c'est bon.

Le jeune gendarme a vite murmuré en reposant son verre sur la table :

— Merci bien, madame.

Maintenant ils ne savent plus quoi dire, ils pensent tous à la même chose, mais personne n'a le goût d'en parler.

— Alors soi-disant, tu viens pour me prendre mon petit ?

Et elle envoie, de force, un grand sourire à la rescousse.

Ce sourire ! Elle s'est déformée, Arnaude, et sa petite poitrine de fille de routes est devenue lourde dans la robe grise de son âge. Elle a vieilli aussi, la flamme de ses yeux d'autrefois est un tison brûlant qui serait tombé dans l'eau. Un voile fumeux s'étend sur le feu de la prunelle, mais quand même, du bleu, encore tout frais, transparaît sous la salissure de la vie. Ces cheveux qui couraient dans le vent en boucles noires, comme à présent ceux d'Ollivier, ils n'ont perdu ni leur brillant ni l'arrondi de leurs vagues. Seulement leur couleur, oui leur couleur, qui faisait si bien ressortir le doré du visage... Ils sont gris, maintenant, c'est tout. Alors avec les restes de ce qui a rendu Angiollini fou, jusqu'à lui faire oublier son devoir de gendarme, c'est toujours Arnaude qui est là, oui, toujours Arnaude...

— Naturellement, dit Arnaude, tu savais pas qu'il était malade, personne te l'avait dit ? Autrement tu aurais pas pris la peine de monter jusqu'à Grand-Cap pour rien ? Oh ! il est pas mort, heureusement, mais il a pris un chaud et froid qui m'a forcée de le faire mettre au lit. A présent il en a plus que pour quelques jours de soins, et puis de lui-même il descendra à Solliès se mettre à votre bon vouloir. Pas vrai Félicien ?

— Oui, plus que pour quelques jours, dit Félicien, après je descendrai.

Il ne comprend pas. Il pense que les deux autres fois ça ne s'est pas passé de cette manière. On l'a traité de voyou et de lâche et on l'a calotté, sans qu'il puisse répondre. Ça doit être parce qu'il est malade qu'aujourd'hui ça se passe comme ça. « Alors c'est que je suis beaucoup malade. Ils oseront pas m'emmener de peur que je leur claque en route... C'est pour ça. »

Le cœur lui tape dans la poitrine comme un chien enfermé qui donne des coups contre le bois. Angiollini n'a pas encore parlé, ça donne courage à Arnaude.

— Par qui tu l'as su ? demanda-t-elle.

— Par Nine Desmichels, dit le brigadier. Ô, c'est pas qu'elle ait dit quelque chose à quelqu'un, mais on savait que dans les temps, elle fréquentait ton garçon. Alors, comme nous étions avertis que Félicien s'était encore défilé, on a pris la maison en surveillance aux Sénès. Parce qu'on se disait : « S'il est dans les environs, de sûr, il pourra pas se tenir de venir voir sa belle. » Mais de longtemps on a rien vu. Les autres voulaient monter jusqu'ici, moi, j'ai dit : « C'est pas la peine, s'il est chez sa mère... »

— Oui, toi tu me connais, dit Arnaude, tu sais que je vous l'aurais jamais laissé prendre.

Elle rit à pleine bouche, arrogante de sa victoire.

— C'est pas tant ça, dit Angiollini, mais je savais que tu l'aurais caché.

— Et tellement bien que je l'ai caché, que vous l'avez pas trouvé de longtemps !

Elle s'arrêta de rire d'un coup sec et elle dit :

— Mais cette Nine Desmichels, qu'est-ce qu'elle vient faire là-dedans ? Je suis sûre que le petit est jamais descendu aux Sénès ?

— Non, dit Angiollini, mais c'est la petite qui est montée !

Tout à son histoire, il rit à son tour à gros éclats. Le jeune gendarme, derrière, rit un petit peu.

— Ça c'est pas vrai ! dit Arnaude, je l'ai jamais vue !

Elle se sentait reprendre peur.

— C'est pas ici qu'elle venait, tu comprends, voilà pourquoi tu la voyais pas, c'est dans le moulin de Sinssol qu'elle venait demander sa provision d'amour et comme nous avons compris que là-dedans il y avait ton garçon, caché, c'est encore plus drôle...

— Je comprends pas, dit Arnaude, Nine montait voir Félicien au Moulin ?

— Oui, dit Angiollini.

— Mais comment elle savait qu'il était là ?

— Ça, c'est une chose qu'il faut demander à ton fils.

— C'est vrai, Félicien ? dit Arnaude. Tu voyais ta cousine ?

— Oui, mère, dit Félicien.

— Et comment elle savait que tu étais là ?

Félicien baissa la tête.

— J'y avais envoyé dire.

— Par qui ?

Félicien hésita puis avoua :

— Par Ollivier.

— Eh bien, c'est beau ! dit Arnaude. Alors vous m'avez menti tous les deux ?

Félicien ne répondit pas. Ollivier, qui était près de la porte, se glissa doucement dehors.

— Tu vois où ça t'a mené ? redit Arnaude. Ça t'a mené à être pris, malgré toutes mes précautions. Et par ta faute. Et par la faute d'Ollivier. Celui-là — elle gronda en secouant la tête — je le retiens comme menteur... Hé Ollivier ? Tu te mérites des félicitations !

Elle tourna la tête et ne le trouva pas.

— Où il est ? dit-elle.

— Il est sorti par ton bûcher, dit Angiollini, c'est un gros courageux.

— Alors, interrogea Arnaude, vous avez suivi la fille ?

— Non, je te dis, c'est ça qui est rigolo, nous avons suivi la chienne.

— La chienne ?

— Votre chienne, la tienne, Michelle. On la connaît, tu penses. Alors, deux fois qu'on était pas loin de la maison de Nine, soi-disant en train de surveiller la route, à cause du virage des Sénès, deux fois, on a vu Michelle arriver d'un petit trot tranquille et se coucher à côté de la porte, comme une qui connaît ses gens. Nine est sortie guère après et elle lui a mis la main sur la tête. Et la chienne a rien dit. Au bout d'un moment, la chienne est remontée dans le bois. « Bon, nous avons dit ! Ça c'est raide ! » Encore une fois la même chose. Alors nous avons suivi la chienne et elle a encore pris le chemin de Grand-Cap et nous avons cru qu'elle venait à ta cabane, mais non, elle s'est arrêtée sur la terrasse de Sinssol et, devant la porte de l'étable, elle s'est couchée, d'un air d'être arrivée à son but. Nous avons compris. « Par exemple, nous avons dit, il est là ! »

— Cette chienne... dit Arnaude. Je l'avais prévu.

— C'était le soir tard, reprit Angiollini. Le lendemain, nous avons fait l'enquête, mais quand nous sommes allés frapper au moulin, l'oiseau s'était envolé, il n'y avait plus personne !

Il s'envoyait de grandes claques du plat de la main sur la cuisse, en riant. Il ne pensait plus à Arnaude, il ne pensait plus qu'il était Angiollini, il parlait en brigadier.

La mère le sentit et un froid ruisseau lui descendit dans les côtes. Elle comprit qu'il allait falloir se battre contre ces galons qui brillaient sur la manche bleue.

— Oui, dit-elle, je l'ai pris ici, tu penses, malade comme il était !

La fièvre avait mis du rouge aux joues de Félicien.

— Ô, dit Angiollini, en le regardant, il est pas si mal. Ça descend jusqu'à la route. Là nous prendrons le car, dans deux minutes on est à Solliès-Pont.

— Pour quoi faire ? dit Arnaude.

Elle se retenait de crier tout de suite et, dans son gosier, elle sentait se débattre quelque chose, comme si elle avait avalé un papillon avec ses ailes.

— Pour quoi faire ? dit Angiollini. Tu en as de bonnes ! De gré ou de force, il faut bien que je l'arrête, il est déserteur. J'ai le mandat.

— Mais il est malade... dit Arnaude.

Sa voix s'arrêta de couler, source tarie par la sécheresse de sa gorge.

— Tu me rappelles, dit le brigadier, ce jeune soldat que j'ai connu au début de la guerre. Un jour qu'on avait ordre de monter en première ligne, j'étais sergent, il pleuvait à verse. Il vient, il était pâle, il faisait peine, il me dit : « Mais sergent, on y va quand même, avec ce qui tombe ? » Le pauvre ! Y avait pas longtemps qu'il était monté au front, y comprenait pas. Et justement à cette attaque, il a été tué.

— C'est pas pareil, dit Arnaude.

Pendant ce temps, elle avait pris deux bonnes gorgées d'air et elle s'était attrapée à son courage, en femme qui se sent noyer et qui trouve une branche.

— C'est pas pareil, mon petit, il est malade, personne peut dire le contraire, tu comprends, Lello ?

Ce prénom de leur amitié d'autrefois, ce prénom diminué dans une caresse, il le reçoit dessus lui, comme un de ces gros paquets de giroflées doubles, qu'on s'envoie en pleine poitrine, aux batailles de fleurs de la Crau. Il étouffe sous cette douceur et se relève plus dur.

— Je connais que mon devoir, dit-il. Si ton petit est malade, il y a une infirmerie à la prison de Solliès. Tu comprends bien que je veux faire montre de gentillesse, mais qu'y faut quand même que notre travail se fasse et que nous remplissions notre mission.

Il cherche, de l'œil, du secours dans le jeune gendarme qui se redresse d'un coup. Celui-là, il commençait à trouver que l'ancien la faisait longue, et que c'étaient beaucoup d'histoires, pour arrêter un déserteur.

— Tiens, lis !

Angiollini tend à Arnaude un grand papier gris tout déplié.

— Je ne sais pas lire, dit Arnaude.

Et elle repousse le papier.

Le jeune gendarme lit : « Ordre de l'autorité militaire... »

— Les hommes, vous êtes tous des sauvages, dit Arnaude, quand il a terminé.

— Merci bien, dit Angiollini.

— Ô, c'est pas pour toi, que je dis ça, arrange Arnaude. C'est pour les gens qui écrivent des papiers pareils, sans savoir où ça va toucher et si ça fera pas la mort d'un homme. Le bras jette la pierre, puis il dit qu'il a rien fait de mal et que la pierre seule est la cause si la blessure saigne. Toi, je sais bien que tu es pas de ceux-là qu'ils ont posé un rocher à la place de leur cœur. Tu as beau être brigadier, l'uniforme y te colle pas à la viande, moi je le sais. Le bon de ton amitié...

Angiollini se lève, et debout, il est grand et gros, le double d'Arnaude. Il tire sur sa vareuse, qui se plisse à l'endroit du ventre, et remet d'aplomb son ceinturon.

— Le bon de mon amitié, écoute, Arnaude, le bon de mon amitié, il faut bien que je te le dise, il ne pourra pas m'empêcher d'aller jusqu'au bout de mon devoir et d'arrêter ton fils. Tout ce que je peux faire pour te prouver mon souvenir, c'est de le descendre à bras avec mon gendarme, sur un chariot à bois, jusqu'à la route, ça lui évitera de se fatiguer. Après y sera dans le car qui s'arrête même devant la gendarmerie. Hé ? Ça te va comme ça ? Et puis pleure pas, va, on te le tuera pas ton petit ! La guerre, de sûr, ne va pas tarder à finir et on te le rendra en bon état. Il pourra encore aller fréquenter sa Ninette.

Il se tourne vers le gendarme.

— Sors dehors, dit-il, pendant que Félicien s'habillera

tu chercheras le chariot à bois et tu le garniras bien de fascines de genêts. J'en ai vu, ça, c'est souple et le garçon sera là-dessus comme un roi fainéant. Tu peux nous accompagner jusqu'à la route, Arnaude, si tu veux ?

« Tu as compris ? dit-il au gendarme. L'autre garçon, Ollivier, doit être par là, tu te feras aider.

« Prépare les affaires de ton fils, dit-il à Arnaude.

Arnaude se sentait vaincue. Pourtant une folie de révolte tournait dans sa tête. Une voix impérieuse lui criait :

« Non, non, c'est pas possible, y te l'emmèneront pas ! »

Elle entra dans la chambre où elle avait mis au monde ses trois fils. A la minute, elle se dit : « J'ai pas de veine avec mes hommes, je peux pas arriver à me les garder. Y a toujours quelque chose qui me les prend, ou alors y me meurent... » Cette idée lui fit si lourd sur le cœur qu'elle s'appuya à la commode et cacha sa tête dans ses deux mains.

Angiollini, qui la regardait depuis la cuisine, fit deux pas en avant et se trouva auprès d'elle. Il lui mit sur l'épaule sa grosse main aux ongles durs.

— Ça me fait peine, redit-il, et pourtant, comme il faut que je fasse ? J'ai le mandat...

Arnaude se retourna d'un coup et tout entière elle fut sur lui avec tout le poids de son corps.

— Lello, elle criait doucement, Lello, elle lui criait dans le cou, mon beau trésor, mon bon homme, c'est toi que tu veux me faire une chose pareille de m'emmener mon petit ? Toi que j'ai tant aimé, mon beau Lello, toi pour qui j'aurais tout quitté !

Elle s'essuya rudement les yeux du revers de ses doigts et mit ses bras autour du corps du brigadier.

— Tu as grossi, toi aussi, elle dit. C'est passé le temps où nous étions minces comme des fifis d'un sou. Mais ça empêche pas les sentiments, pas vrai, Lellito ?

Angiollini voulut parler, mais Arnaude mit sa joue contre la bouche de l'homme.

— Minounet, elle dit, tu te rappelles comme tu me voulais ? Presque tous les soirs, pendant un temps, tu montais depuis les Sénès. Le pauvre Antoine disait : « Le gendarme doit chasser quelque bon gibier du côté de Grand-Cap. » Qué rire ! Moi, je savais bien quel gibier c'était que tu chassais. Et quand je te voyais arriver vers la charbonnière, ma joie me sortait toute seule de la bouche, comme un oiseau à qui tu donnes le libre de l'air. C'est pas pour te faire plaisir, tu sais, mais tu étais rudement bien de ce moment ! J'en ai connu des femmes de Solliès et de Bellaïgue, comme Antoinette la lingère ou Mlle Jeanne, la fille du premier adjoint, qu'elles étaient folles de toi. Et alors, quand je te voyais t'occuper que de moi, penser qu'à moi, pauvre femme de bûcheron que j'étais, une envie me prenait de te sauter dans les bras...

Elle haussa son visage vers celui d'Angiollini et elle comprit qu'elle pouvait se taire : il la regardait avec tendresse.

— Ah, dit-il, tu m'as rendu bien malheureux ! Car maintenant, tout ça tu me le dis, mais à cette époque que je te courais après, avec toute ma folie, jamais tu as voulu être mienne.

— Mais tu comprends pas ? Comment tu voulais que je fasse avec ce mari toujours derrière moi et jaloux comme un tigre ? Ah, si j'avais pu, mon beau, crois bien que j'aurais demandé que ça, d'être tienne ! Que toi aussi, tu me rendais folle, avec le feu de tes yeux, et tous ces mots que tu disais dès que nous étions seuls. Tu te souviens ? Ô, moi, il me semble que je les entends encore : « Mine, tu me disais, pourquoi tu t'es choisie de vivre cette mauvaise existence de sauvage de bois ? Si tu voulais m'écouter, nous partirions ensemble, je me ferais changer et nommer en Corse, dans mon pays. J'ai une petite maison à Vizzavona et du bien autour. Tu m'attendrais le soir, sur la porte. Ou bien, si tu préfères, nous pourrions rester à Ajaccio, j'ai mon parrain qui habite sur le quai une belle maison peinte en rose, avec des grosses fenêtres, toutes pareilles. Il a mille francs à manger par jour. Tu lui tiendrais sa maison, nous serions les plus heureux. »

— Comme tu te rappelles bien ! dit Angiollini.

— Je te le dis, tout est marqué là-dedans, dit Arnaude. Tu croyais que je t'avais oublié peut-être ?

— Il y a si longtemps, si longtemps...

— Tu trouves ? dit Arnaude, moi y me semble que

c'est hier que tu m'embrassais en cachette dans tous les coins du bois.

— Tu voulais jamais te laisser faire, reprocha le brigadier.

— Que veux-tu ? J'étais jeune, je comprenais rien à rien. C'est mon excuse. Mais maintenant si tu me voulais...

Elle tendit vers la grosse bouche grasse d'Angiollini sa bouche grise comme une figue sèche.

— Ô ! dit Angiollini en l'éloignant de lui à bout de bras.

— Quoi ! dit Arnaude.

Elle vit au-dessus d'elle un visage triste et elle baissa la tête d'un coup.

— Toi ? Il dit. Toi ? Je t'aurais jamais cru capable...

Il se rappelait trop de la femme honnête d'Antoine Desmichels, de celle qui avait repoussé toutes ses tentatives. Et à se souvenir de ce beau regard franc qu'elle lui mettait dans les yeux en lui disant qu'elle restait fidèle à son mari, il avait compris soudain que ce n'était pas possible qu'elle ait changé comme ça. Alors, comme une flèche droite, dans sa tête, se plante la compréhension du pourquoi.

— C'est pour ton fils, dit-il, tu t'es imaginée...

De la honte, Arnaude s'était détournée, tout entière, comme elle s'était jetée vers lui à son arrivée dans la chambre. Il eut pitié d'elle.

— Ma pauvre ! Qu'est-ce que tu veux que je te dise ?

Et comme elle ne bougeait plus, il dit :

— Allez, laisse-moi faire mon devoir et prépare ton fils.

Il sortit et elle l'entendit, au-dehors, appeler son gendarme.

Quand Félicien, qu'elle avait aidé à s'habiller, fut prêt, les larmes remontèrent aux yeux de la mère, à le voir flotter dans ses vêtements, mais, souriant pour ne pas l'effrayer, elle dit :

— Tu marques bien comme tout ! Ces messieurs, ils auront pas honte de toi.

— Je m'en fous, dit Félicien, je me sauverai encore.

— Mais où est Ollivier ? dit Arnaude.

— Il a mis les voiles, dit Félicien, tu vois pas qu'y crevait de peur ?

— Pas possible, il doit aider les autres, on t'arrangera un chariot pour que tu te fatigues pas.

Félicien tomba comme une chose morte sur l'épaule de sa mère.

— Me quitte pas, man, me quitte pas !

Elle le soutint de toute sa force et lui rangeant doucement les cheveux sur la tempe, elle lui dit :

— Moi, te quitter ? Tu voudrais pas...

Elle écoutait trembler contre le sien le corps de son fils, d'un tremblement d'arbre au premier coup de hache.

— Que je te quitte, moi ? Tu voudrais pas... murmurait-elle.

Félicien se serrait contre son ventre.

Angiollini entra, suivi du gendarme.

— Le chariot à bois est devant la porte, dit-il, tu es prêt, Félicien ? Allez, c'est le moment de te montrer homme. Embrasse ta mère.

— Mon Dieu... dit Arnaude. Alors, c'est vrai ?

— Et Ollivier ? cria Félicien.

— Nous l'avons pas vu, dit le gendarme.

— Vous auriez voulu l'emmener lui aussi, peut-être ? dit Arnaude. Et les femmes, non ? vous les arrêtez pas, les femmes, les mères, qu'elles ont aidé leurs petits à se sauver de la guerre ? Vous les arrêtez pas, celles-là ? Vous les y mettez pas, dans vos prisons de merde, avec les rats et les punaises ?

— Arnaude ! cria Angiollini.

— Quoi, « Arnaude » ? Tu te figures que tu me fais d'impression, Angiollini, parce qu'y t'ont mis brigadier et que tu as deux morceaux d'attache sur ta veste ? Ça t'empêche pas d'être le plus gros couillon du monde, que tu as pas été seulement capable de te faire aimer d'une femme de charbonnier ! C'est vrai, y faut le dire, que ce charbonnier, tout mascaré de noir qu'il était, il avait une autre tête que celle que toi, tu portes sur les épaules ! Et, si tu veux que je te dise encore plus vrai, eh bien, nous avons rigolé de toi et de ton amour, de belles fois, avec mon pauvre Antoine ! Que lui, au moins, je l'aimais ! Oui je l'aimais et j'ai jamais aimé que lui, tu entends ?

« Et vous, l'autre gendarme tout peinturé de neuf, vous l'entendez ce que je lui dis en face, à ce brigadier de mes choses ? Alors, qu'est-ce que vous attendez pour m'emmener avec mon garçon ? Il a bien fait de déserter, oui, il a bien fait ! Et moi, la patrie...

— Tais-toi, dit Angiollini en lui mettant la main sur la bouche, tu perds ta raison et tu te fais du tort. Allez, rentre dans ta cuisine et laisse-nous descendre.

— Emmène-moi, cria Arnaude, ou alors je te tape sur la gueule !

Elle tira à deux mains sur la vareuse du brigadier et se mit à le secouer.

— Ô ! dit Angiollini. Mais tu es folle !

— Attention, brigadier ! dit le gendarme.

— J'ai pas peur, va, je la connais !

Angiollini prit les deux mains d'Arnaude dans la sienne :

— Calme-toi, dit-il, et viens, après tout, je m'en fous, tu t'expliqueras à la gendarmerie.

— Sûr que je viens, dit Arnaude. Tu te figures de m'empêcher de vous suivre ? Un chien qui voit un évêque, y lui pisse à la jambe...

— Tais-toi, maman, dit Félicien.

Angiollini leva les épaules.

— Allez, en route, dit-il. Doucement !

Au milieu de la pente, Arnaude s'arrêta et appela vers la cabane :

— Ollivier !

La chienne, qui les regardait partir, entra dans le bûcher.

« Il n'est pas loin, se dit la mère, Michelle le sent. »

XI

Ollivier, n'entendant plus parler, saute du tas de bois. En se jetant par terre, il entraîne derrière lui un paquet de fagots qui font gros bruit. Il s'envoie de côté, il a peur. Il reste tapi dans l'ombre, n'osant plus faire un mouvement, puis il se calme, il se relève, il ouvre doucement la porte de la cuisine. Personne, c'est bien ce qu'il a prévu, ils sont tous partis. Il ne reste que le vieux pantalon gris de Félicien et le châle déchiré de sa mère. Il fait nuit dans la pièce, il n'est que cinq heures du soir, mais on est à la Toussaint, aux jours les plus courts. « Après, dit Arnaude, à partir de la Sainte-Luce, les jours augmentent d'un saut de puce. » Il pense : « La Sainte-Luce, ce n'est pas encore. Tout cet hiver jusqu'à la fin janvier, ça va être long. Il pleut dans le bois, les arbres vous mouillent, on a beau s'entourer les jambes de bandes de toile attachées par des ficelles, l'eau passe à travers. Ce n'est pas un métier facile que celui que le père m'a donné : bûcheron, charbonnier, toujours dans les bois avec des arbres qu'il faut tuer pour vivre ! Et risquer un jour d'être tué par eux, comme le père. Le danger, encore, ce ne serait rien, sur la mer aussi il y a du danger, mais la mer, ah ! la mer, ce doit être autre chose... Qui sait ce qui va arriver maintenant pour Félicien ? S'il reste en prison, la mère ne va pas arrêter de se désoler. Si on le relâche tout de suite, c'est preuve qu'il est très malade, alors ce n'est pas plus gai. »

Quand il pense que le soir où Félicien est arrivé, lui, Ollivier, a dit à propos des gendarmes :

— Et puis, il y a le fusil !

Oui, il y est le fusil, il est toujours là, pendu en travers de la cheminée, mais c'est Ollivier qui n'y a plus été. Quelque chose de plus fort que son vouloir a emporté dans la cachette son corps tout tremblant sur ses jambes. Les gendarmes ! Il a eu peur. C'est tout. Ce n'est pas beau, mais c'est comme ça.

Il allume la lampe à pétrole et la pièce vide devient plus triste encore dans cette lumière jaune. Qu'est-ce qu'il va faire là tout seul maintenant ? Il devrait peut-être aller à Solliès se renseigner, savoir si sa mère compte revenir vite ? Mais revoir ces gendarmes, non, c'est pas possible, ils le garderont pour avoir été le complice de son frère et qui sait même s'ils ne vont pas remonter à la cabane pour l'arrêter ? Qui sait s'ils ne sont pas déjà là, cachés dans le bois, à surveiller pour le reprendre ?

Il croit entendre remuer le loquet. Il souffle sur la lampe et reste, encore une fois, terré dans l'ombre comme une bête peureuse dans son trou. Il écoute... Il sent qu'il ne va plus pouvoir vivre ici. Il faut partir. Il ramasse sa veste et le voilà à nouveau dans le bûcher. Là, il demeure encore un peu immobile, à écouter, devant la porte, qu'il a silencieusement ouverte sur la nuit.

Et tout d'un coup, il se jette au-dehors, il trouve le bois, il y dévale comme un lapin, il évite les sentiers, il saute de talus en talus entre les pins, qui semblent tous avoir de grands bras de gendarmes pour l'arrêter. Il a tellement l'habitude de la forêt nocturne, que c'est à peine si, de temps en temps, il se laisse égratigner par une ronce.

Tout d'un coup, il se trouve dans un grand trou clair, c'est une prairie au bord du Gapeau. Il est sorti des bois, la route se devine devant lui moins sombre que la forêt. A sa gauche, le hameau de Sénès brille de ses quarante feux. Et alors soudain, il comprend où il va, où, depuis la cabane, son idée entêtée le conduit. Il va chez Nine Desmichels.

Tout de suite il aperçoit la maison. Elle est à l'écart des autres, la dernière sur la route entre Solliès-Toucas et Solliès-Pont. Devant, il y a une petite cour avec un gros sureau entre trois barrières vertes. Deux marches, un géranium sans fleurs. En haut, la porte de la cuisine est fermée. L'éclairage du dedans la découpe en quatre raies lumineuses sur le mur de droite. Au premier étage, il y a aussi une fenêtre brillante, c'est la chambre de la mère, elle se couche toujours bien avant le soir, parce qu'elle se tient mal sur ses jambes. Alors Nine doit être seule dans la cuisine. Ollivier ouvre sans bruit la barrière basse. Dans la cour il écoute, puis il ramasse une poignée de graviers et il les jette contre la porte. Rien ne bouge. Il recommence. La porte s'ouvre, un grand morceau de clarté saute dans les yeux d'Ollivier. Nine est debout dans cette lumière, avec son corps bien planté de belle fille, qui tout de suite vous donne envie d'être content.

— Qu'est-ce que c'est ? dit-elle.

Ollivier s'avance d'un pas.

— Ô, c'est toi ? dit-elle encore. Qu'est-ce qui t'arrive, de venir à ces heures. Félicien est malade ?

— Laisse-moi entrer, j'ai quelque chose à te dire.

— Tu as un air ! dit Nine. Tu es tout pâle.

— On l'a arrêté, dit Ollivier.

— Mon Dieu !

— Laisse-moi entrer que je t'explique et ne parle pas si fort, j'ai pas besoin qu'on me voie.

— Attends alors, dit Nine. Mets-toi dans la cuisine, ne fais pas de bruit, que ma mère est là.

Elle rentre, il la suit. Elle ferme la porte avec le verrou, il s'assied lourdement sur une chaise, dans un coin, Nine va au fond de la pièce sous le creux de l'escalier. Là, elle crie vers en haut :

— Non, c'était rien. J'avais cru que quelqu'un avait frappé.

Elle revient vers Ollivier. Elle se penche vers lui et souffle chaud à son oreille :

— Lève tes souliers. Sous l'escalier il y a la porte de ma chambre. Attends-moi dedans, je vais venir.

Et elle se met à chanter à haute voix une chanson de bal pour couvrir les pas d'Ollivier.

Ce n'était pas la peine, le garçon est habitué à marcher la nuit, comme les écureuils, sans se faire entendre.

Mais c'est la mère qui crie de son lit :

— Hé ! Nine, arrête-toi un peu de chanter, que je veux dormir !

— Bon, dit Nine, alors je ferme la porte.

— Tu travailles ? dit la mère.

— Oui, j'ai du raccommodage, mais je me coucherai pas tard.

— Allez... Alors bonne nuit.

— Bonne nuit.

Nine a fermé la porte qui commande l'escalier. Elle a même donné un tour de clé. Si sa mère descendait, elle dirait qu'elle l'a fait sans attention.

En passant devant la chambre, elle entre, il fait nuit.

— Où tu es ? murmure-t-elle dans le noir.

— Ici, dit Ollivier.

Il s'est allongé sur le lit. Il est tout tremblant. Il sent qu'il fait une chose... Ah, quelle chose ! Félicien... Si Félicien savait !

Nine vient vers lui à tâtons. Il devine qu'elle approche, il la tire par le bras, elle glisse sur la descente de lit et elle tombe sur lui, toute chaude. Leurs bouches se trouvent seules comme si, depuis des jours et des jours, elles n'attendaient que ça, de se manger... Des deux mains, Ollivier ouvre le corsage de Nine, il en sort les deux seins comme des pêches d'une corbeille, il les serre l'un contre l'autre, il les touche tous les deux en même temps de tout son visage.

— Laisse ! Laisse ! il dit.

Ces seins, depuis qu'il les voulait ! Sa bouche en a trouvé les bouts... Il mord. La fille crie, elle se renverse et elle met sous les mains d'Ollivier tout le reste de son corps et le milieu de ses cuisses qui fait un rond sous la jupe, comme une bête couchée.

Un rire exaspéré tire la figure d'Ollivier, il se sent courbé en deux et tendu vers le plaisir qui vient, comme quand il marche dans la forêt sous un orage.

Il avance tout son corps et l'autre corps vient vers lui, avec sa chaude chair nue.

— Ah, c'est ça, dit-il, c'est ça que je voulais...

La joie tombe sur lui. Il en retrouve le goût de folie et de mort.

Après cette grande chose tragique, d'un coup, il y a eu le doux sommeil. Si on lui avait dit que la première fois qu'il tiendrait une fille, aussitôt après en avoir profité, il s'endormirait, il ne l'aurait jamais cru, sûr d'avoir envie de recommencer tout de suite. Mais depuis ce matin, il est passé trop de trouble dans sa tête et dans son corps, il est plus usé qu'après avoir abattu ce rouvre Bramafan, qu'il avait entaillé pendant trois heures. Il se rappelle, quand l'arbre est tombé, lui, il s'est couché par terre et il s'est endormi dans son feuillage. Ici, ç'a été pareil, il est resté dans le sommeil avec les mains ouvertes, arrondies, comme si elles étaient encore pleines d'un sein, et le ventre tout mouillé. Sa bouche ouverte, écrasée contre la joue et le nez, laisse mal passer son souffle, une de ses cuisses est prise sous une autre cuisse.

Au milieu de la nuit il ouvre les yeux, devant la lampe allumée par Nine. Il ne comprend pas pourquoi cette lampe est restée allumée. Il respire un air qui n'est pas son air de d'habitude. Il se croit à la cabane et pense que sa mère a dû fermer la porte, qui par le bûcher apporte l'odeur des bois. Et comment ça se fait qu'il a une jambe si lourde ? Il se sent mal arrangé sur un lit mou. Il veut tirer la couverture à lui, mais il la sent enroulée sur un autre corps. Alors ça lui rend l'endroit, l'heure et la circonstance. Cette fille, chaude et ronde qui est couchée contre lui, c'est Nine Desmichels. Nine... C'est sa maîtresse. Il a une maîtresse comme Félicien, comme les autres hommes. Il est un homme. On ne lui fera plus boire la grenadine quand les autres boiront le pernod. Hier au soir, les paroles de cette bouche gémissante sur sa poitrine : « Jamais comme avec toi, jamais, jamais... »

Autre chose : sa mère et Félicien. Félicien emporté sur le chariot à bois et sa mère qui suit en criant après les gendarmes. Enfoncé dans les fagots, sur le plus haut du tas, il a vu par une fente entre les tuiles, il a vu partir sa mère et Félicien, et tous les deux pleuraient, et lui, il n'a pas bougé et il n'a pas répondu à l'appel de sa mère.

« C'est ça qu'on appelle être lâche », pense-t-il.

Justement Nine, qui ne s'était pas endormie, se colle contre lui pour l'embrasser.

— Fous-moi la paix, dit-il.

— Eh ben, l'amour te rend pas gracieux !

Mais elle n'est pas fâchée, elle a vu assez d'hommes et

leur rancune d'après, pour comprendre. Elle sait qu'ils ont honte d'avoir été si heureux et si faibles par le vouloir d'une femme. Il ne s'agit que de leur donner l'envie de recommencer, alors ils redeviennent gentils et pendant un petit moment, on peut s'imaginer encore qu'on les commande.

— Si tu te déshabillais ? dit-elle à Ollivier. Tu es mal comme ça, tout te serre...

C'est vrai, hier au soir, il s'est allongé tout habillé sur ce lit de fille ; et après la chose, il est tombé dans le sommeil comme dans un trou.

— Quand tu as allumé la lampe ? demanda-t-il.

— C'est après, pour faire ma toilette...

Une cuvette est par terre avec son eau trouble. Ollivier a honte. Il détourne la tête.

— Je t'aide à te défaire ? dit-elle.

Il déboucle sa ceinture de cuir et sort son pull-over par la tête, les bras en l'air. Sous sa chemise de toile, sa poitrine bombe et s'élargit. Nine passe la main dessus :

— Tu es costaud.

Elle glisse par terre, lui sort ses souliers et ses grosses chaussettes. Le pantalon descend sur les pieds, elle en tire chaque jambe en riant. Une odeur d'homme lui arrête son rire. Elle pense qu'il va être tout nu.

— Sors ta chemise, dit-elle encore.

Il est nu, il est un peu gêné, il se file sous les draps.

— Moi aussi, dit Nine.

Elle fait tout tomber d'elle et jette le paquet mou de son linge, au hasard de sa chambre. Elle ouvre les draps et regarde Ollivier tout nu.

— Tu es beau, dit-elle.

Et puis, elle dit encore tout bas d'une voix cassée :

— Ô ! viens... viens vite.

Elle se couche sur lui, avec toute cette chair brûlante qu'il retrouve.

Cette fois, ç'a été mieux, il ne s'est pas endormi, il a bien profité de tout, comme depuis déjà du temps, il s'était promis de le faire. Il n'a plus eu de mauvaises idées à propos de Félicien. Il a trouvé au contraire que c'était une chose bien bonne, d'avoir toute cette peau douce et chaude contre sa peau, cette femme qui veut tout ce qu'on veut, même si on lui fait un peu mal et qui dit toujours « que c'est bon » et « mon beau chéri ». Et à ce moment, où après qu'on l'a bien cherchée, comme on cherche l'eau du ruisseau à deux mains sous l'herbe, quand on a soif, ou comme on cherche le milieu du pain quand on a faim, on arrive à sentir que cette joie, cette grosse joie qui n'a rien de pareil sur terre, vous tombe dessus et vous fait monter en l'air, puis éclater comme une flamme, ah, comment on pourrait penser qu'il existe autre chose au monde que cette joie ! Comment ça se fait que personne, pas un garçon, n'a su expliquer à Ollivier comment c'était ? Que ça n'avait rien de commun avec la rigolade, que c'était une chose qui allait toucher à la naissance et à la mort, au courant qui emporte les rivières vers les fleuves et les fleuves vers la mer ? Et à la force des vents et au tournoiement des étoiles... Personne n'a jamais compris ça alors ? Il n'y a que lui ?

— Tu comprends, dit Nine, il faut pas que ma mère se doute. Qu'est-ce que tu veux faire ? Tu veux retourner à la cabane ?

— Ô, non, dit Ollivier, je veux rester avec toi.

— Oui, mais où ? A la cabane ? Ou dans le moulin peut-être ?

— Ô non, dit Ollivier, pas dans le moulin... ni dans la cabane.

— Mais où alors ? dit Nine. Ici, tu peux pas. Quand ma mère se lève, elle va partout.

— Je veux rester avec toi, dit Ollivier.

— Mon chéri... elle dit, mais comment faire ? Laisse-moi calculer, je crois que je pense quelque chose.

Ollivier sent sous ses doigts un bout de sein qui se redresse.

Elle rit :

— Tais-toi, autrement je pourrai pas mettre deux idées ensemble.

Elle lui prend la main dans la sienne pour qu'il se tienne tranquille.

— Écoute, elle dit, voilà ! Tu vas remonter à Grand-Cap, chez toi, tu mettras ton costume des dimanches, parce que j'aime que tu marques bien. Tu te prendras une ou deux chemises, enfin ce qu'y te faut pour te changer. Tu redescendras et tu iras à Toulon. Quand tu seras à Toulon, tu iras à la Poissonnerie. Tu sais où elle est la Poissonnerie ?

— Oui, dit Ollivier. Place à l'Huile.

— Bon. Là, dans le recoin de la rue Méridienne, à côté du marchand de coquillages « Veuve Saturnin et fils », tu verras un café, *Bar de la Girelle.* Tu entreras, c'est un hôtel, ça en a pas l'air, mais c'est un hôtel pour les gens qui le savent. Moi je le sais, c'est une de mes amies, Fifi Fournier, qui le tient. Tu iras dans le fond, tu la demanderas : « Fifi Fournier », tu lui diras : « Je viens de la part de Nine », pas plus, rien que ça « Je viens de la part de Nine », et tu m'attendras. J'arriverai dans la journée. Après on verra comme on se débrouille. Tu veux ?

— Oui, dit Ollivier.

— Tu as bien compris, hé ? Répète !

— Fifi Fournier, *Bar de la Girelle,* place à l'Huile. Je viens de la part de Nine.

— Ça va bien. Allez, dormons un peu alors maintenant, autrement, demain, nous aurons des yeux de bogues.

— Comme c'est, les yeux de bogues ?

— Les yeux de bogues? C'est tout enflé. Tu en as jamais vu des bogues ?

— Non, dit Ollivier.

— Eh ben, à Toulon, tu en verras. Et tu les sentiras, parce que tu sais, l'odeur de la Poissonnerie, ça sent ! Et tu verras les pêcheurs qui apportent le poisson dans des grosses corbeilles encore toutes mouillées de la mer.

— Mouillées de la mer... dit Ollivier.

— Eh oui, pardi. Allez, dors maintenant, me parle plus.

Nine se serre contre lui. Elle le tient tout entier dans ses bras. Une de ses mains, elle la lui a mise contre la tête, elle lui tient une grosse poignée de cheveux, son autre main, elle l'a posée à plat sur le ventre d'Ollivier et chaque fois qu'il respire avec son souffle, il soulève cette main. Tout d'un coup, il ouvre encore les yeux et il dit :

— Seulement j'ai pas d'argent.

— Ça ne fait rien, dit Nine, je t'en donnerai.
Ollivier dit :
— Ta main me pèse.
Il se la lève de dessus le ventre et il s'endort.

XII

La gendarmerie de Solliès-Pont, c'est une grande bâtisse blanche, avec de belles fenêtres vertes, toutes pareilles, comme doivent être celles de la maison habitée, à Ajaccio, par l'oncle d'Angiollini. De chaque côté de la porte d'entrée, il y a un bensia. Au mois de mai, il verse sur tout ses petites roses jaunes. Et tout le long du mur, il y a une plate-bande bourrée de ces petits œillets blancs qu'on appelle « mignardises » et qui sentent si bon.

C'est là-devant que le car a posé Félicien et sa mère, le brigadier et son gendarme. C'est là qu'ils sont entrés tous les quatre dans le bureau du capitaine de gendarmerie qui, tout de suite, a eu l'air très sévère. Arnaude, toujours pleine de ses cris, a voulu parler...

— Taisez-vous, a dit le capitaine, et il a dit au brigadier :

— Alors ?

— Voilà, a dit Angiollini.

Et il a raconté, comme quoi ils étaient d'abord montés deux fois au moulin et après à la cabane des charbonniers, parce qu'ils avaient compris, que si imprudent que ce soit, le délinquant devait habiter chez sa mère. Et qu'en effet, après avoir frappé sans avoir eu de réponse, ils avaient crié : « Au nom de la loi ». Et ils étaient entrés. Ils avaient trouvé le délinquant malade...

— ... ou faisant semblant de l'être ? coupe le capitaine.

— Malade, continue Angiollini, et sa mère en train de

le soigner. Il y avait aussi le jeune frère, Ollivier, qui a disparu en nous voyant.

— Encore un qui doit se sentir propre ! dit le capitaine.

Arnaude lui jette un regard noir. Elle pense : « Il a un accent du Nord, ce n'est pas un homme du pays. Il ne connaît pas les Desmichels. »

— Je l'ai fait lever, continue le brigadier, et nous l'avons descendu sur un chariot à bois jusqu'à la route, là, nous l'avons mis dans le car et voilà.

— Il n'a pas fait rébellion ? demande le capitaine.

— Rébellion ? crie Arnaude, comment vous voulez qu'y fasse rébellion, le pauvre, y se tient pas debout !

— Reste tranquille, maman, dit Félicien.

— Oui, taisez-vous, madame, vous aggravez le cas de votre fils.

Le capitaine a la médaille militaire et la croix de guerre avec deux étoiles et une palme. Il regarde Félicien droit dans les yeux et il lui dit :

— Tu ne mérites pas la pitié. Ça fait deux fois que tu désertes. Pendant ce temps, il y en a d'autres qui se font trouer la peau à ta place pour défendre ton pays. Tu ne le sais pas, ça ? Qu'est-ce qu'elle deviendrait la France, si tout le monde faisait comme toi ? Tu n'y penses pas à la France ? A ta Patrie ? Tu ne comprends pas ce que c'est la Patrie ? C'est la maison où tu t'abrites, c'est la forêt où tu faisais le charbon, c'est ton père, ta mère, tes frères, tout ce qui te tient attaché à ce sol où tu es né, c'est ça la Patrie, tu comprends ? Alors quand les Boches l'attaquent, qu'ils y sèment le feu et le sang, toi tu pars. Tu fous le camp avec des poules et tu te caches dans les chambres de filles en carte, à Marseille...

Il avait pris un papier devant lui et il lisait :

— On te prend. Bon. On te renvoie au front avec des bataillons de discipline qu'il n'y a pas plus courageux. Tu aurais pu chercher à te racheter. Non ! Tu fous encore le camp en te mêlant à un convoi de prisonniers, comme si tu étais chargé de les conduire. Tu vois, tout est écrit là-dessus.

Félicien, debout devant le bureau, tremblait sur ses jambes.

— Mon capitaine, dit Angiollini. vous permettez pas qu'il s'assied ? Il ne se tient plus.

— Il est saoul ? dit le capitaine.

Arnaude fait un bond en avant. Le brigadier la retient.

— Attention, lui dit-il tout bas, encrasse pas.

Et il redit :

— Vous permettez, mon capitaine ? Il est malade.

— Assieds-toi, dit le capitaine, puisque tu ne tiens pas plus debout qu'une femme. Et si tu peux, explique-moi ton excuse, d'avoir failli à ton honneur de soldat, en quittant le front en pleine bataille ? Ton père, qu'est-ce qu'il en pense ? Il doit être fier de toi !

— Mon père ! dit Félicien, il est mort.

C'est la première parole qui sort de lui. Il sait trop bien que ça ne sert à rien de parler, quand on n'est pas le plus fort.

— Tué à la guerre ? interroge le capitaine.

Il ne peut pas se figurer qu'on meure autre part en ce moment.

— Pas à la guerre, dit Félicien, mais des suites. Mon frère Joseph, lui, il a été tué au front.

— Et alors, dit le capitaine, avec le bel exemple qu'ils t'ont donné, toi, c'est tout ce que tu as su faire, de foutre le camp. Eh ? Réponds ?

— J'avais peur, dit Félicien et puis ça me plaisait pas d'avoir à tuer les autres, que c'étaient des hommes comme moi...

— Voilà où tu te trompes, dit le capitaine, ce n'étaient pas des hommes comme toi, puisque c'étaient des Allemands.

— Oui, mais chez eux, dans leurs maisons, avec leurs mères, c'étaient bien...

— Tais-toi, tu es un péteux, voilà tout, tu ne sais pas ce que tu dis et tu t'es laissé bourrer le crâne par de mauvaises lectures. En attendant, tu vas coucher en prison, ça te fera les pieds et demain tu fileras à Marseille. Là, il y a un conseil de guerre pour les salauds de ton acabit.

— Mon capitaine, dit Angiollini, excusez-moi, mais j'ai une chose à dire qui serait de nature à changer l'ordre...

— Qu'est-ce que c'est ?

— C'est la chose que ce garçon est un malade et que ce gros malade qu'il est, il l'était déjà sur le front et que c'est son mal qui l'a poussé à une désertion, qu'autrement je suis sûr...

— Tu le connais ? demande le capitaine.

— Oui, dit Angiollini, je le connais de tout petit, et sa mère, et son père qui était brave, il y a longtemps que je les connais. Que le garçon soit malade, j'en suis sûr. Et croyez-moi, c'est de se sentir sur lui cette grosse faiblesse d'anémie qui lui a fait faire ce qu'il a fait.

— Alors, quoi ? Qu'est-ce que tu veux ? dit le capitaine.

— Je... Si c'est possible, bien entendu, parce que je sais bien qu'avant tout, il y a la loi et le règlement... D'abord de bien mettre sur le rapport que le délinquant est malade et, deuxièmement, si au lieu de la prison on pourrait pas le mener à l'hôpital des blessés, salle des consignés, en attendant qu'il doive paraître devant le conseil de guerre ?

— Oui, dit le capitaine, mais s'il s'évade ?

— Je serai là, mon capitaine, je passerai les nuits devant la porte, s'il le faut, mais il s'évadera pas, pas vrai, Félicien ?

— Non, brigadier, dit Félicien.

— Non, va Angiollini, y s'évadera pas, c'est moi qui te le dis.

Arnaude lance ça avec un bon sourire au brigadier.

— Tu m'en réponds sur ton honneur de gradé ? dit le capitaine. Tu sais que s'il s'évade, tu passeras en conseil de guerre à sa place ?

— Je crains pas ça, dit Angiollini.

— Bon. Débrouille-toi. Mène-le devant le major à l'hôpital du Château de Fontvert et s'il est reconnu, je t'autorise à te charger personnellement de sa surveillance.

— Merci, mon capitaine, dit Angiollini. Allez, petit, remercie mon capitaine et viens. Tu te sens de marcher à présent ?

— Ô oui, dit Félicien. Merci, mon capitaine.

— Merci, mon capitaine, dit Arnaude.

Dehors, Angiollini dit à Arnaude :

— Tu es contente ?

— Oui, dit-elle, et je te demande bien pardon...

— Ça fait rien, va, on sait que les femmes c'est nerveux, surtout quand on leur touche leurs petits. Malheur ! Ça sauterait à la figure de la mort pour lui arracher les yeux.

— C'est le rôle de mère, dit Arnaude. Alors où nous allons ?

— Nous allons mener Félicien à l'hôpital, on commencera par te le coucher entre deux bons draps et lui faire des remèdes meilleurs que les tiens. Demain on verra.

— On me laissera bien la nuit près de lui ? demande Arnaude.

— Ah, ça, sûr que non ! dit Angiollini, il est pas à la mort que tu doives le veiller ?

— Mais si dans la nuit il a besoin...

— Les infirmières sont là pour tout, et encore qu'il y en a de charmantes.

— Eh oui ! dit Félicien, ça c'est naturel, maman, tu peux pas venir.

— Où je vais aller alors ? dit-elle.

— Remonte à la maison, dit Félicien. Ollivier doit se languir.

— Je sais bien, réfléchit Arnaude, mais aussi, te laisser ! Je me rongerai toute la nuit. J'aimerais de rester près de toi...

— Écoute, dit Angiollini, tu peux faire une bonne chose, parce que je vois que te faire remonter à Grand-Cap, ce sera jamais possible. Tu es de cette race de mère, que tu te coucherais plutôt par terre devant l'hôpital, que de pas savoir demain à la première aube, si ton garçon a pissé clair ou foncé. Eh ben, écoute, en face de cet hôpital de Fontvert que c'est les Messieurs du Château qui en ont fait don, il y a l'*Hôtel Marcillan,* je connais le patron, c'est un homme qui te prendra pas trop cher. Tu y couches, bon. De ta fenêtre, tu vois la fenêtre de Félicien. Là, tu dors un peu tranquille. Demain, tu es devant l'hôpital, à huit heures et je te dis comment ça va. Tu veux ?

— Tu es le plus brave de tous les braves, Lello, dit Arnaude. J'ai beaucoup honte...

— Allez, garde ta larmotte, dit le brigadier, autrement nous en finirons plus. Tu vas voir l'hôtel, nous passons devant : *Hôtel Marcillan.* Tu as que de dire que tu viens de la part du brigadier Angiollini, on me connaît... Tu as compris ?

— Oui, dit Arnaude. Seulement j'ai pas d'argent.

— Je t'en donnerai, dit Angiollini.

— Tu as compris ? dit Nine à Ollivier. L'*Hôtel de la Girelle ?* Tu demandes Fifi Fournier. Tu dis : « Je viens de la part de Nine. » Tu as compris ?

— Oui, dit Ollivier. Seulement j'ai pas d'argent.

— Je t'en donnerai, dit Nine.

Elle est toute nue contre lui tout nu. Il est onze heures du soir.

Il est onze heures du soir. Arnaude qui n'a pas l'habitude de coucher dans une chambre de ville, avec des gens au-dessus et des gens au-dessous, vient de s'éveiller. La lumière de la rue la gêne. Elle pense : « On respire mal, Ollivier a dû fermer la porte du bûcher, l'air des bois m'arrive pas. »

Puis, elle se rend compte où elle est. L'inquiétude, alors, vient veiller avec elle.

Félicien ne dort pas. Une veilleuse, dont il n'a pas l'habitude, éclaire toute la pièce blanche, d'une lumière paisible, comme une rivière de lune. Ils sont trois hommes couchés dans cette salle des consignés.

L'un, si grand que ses pieds sortent toujours de dessous les couvertures, c'est un Marocain qui s'est tailladé un poignet. L'autre, c'est un petit brun maigre, qui est corse. Il a étranglé une fille de maison et, après, il a essayé de se tuer.

Tout de suite, l'un après l'autre, ils ont raconté leur histoire à Félicien. Ça l'a un peu empêché de sentir le premier moment après le départ d'Angiollini, quand, avec un sourire heureux, le brigadier l'a laissé aux mains des infirmières.

— Toi, pas moutons ? a dit le Marocain. Moi moutons, grand troupeau. Père Boujma ben Ahmed. Mort. Maman vieille, beaucoup vieille. Moi, Djemil ben Bouima. Marié avec femme jeune, petite fille pour ton pays, mais elle, quatre petits enfants. Petits enfants mal aux yeux toujours, petite femme aussi, toujours mal aux yeux et mal au ventre. Pas pouvoir garder moutons. Mère vieille, pas pouvoir garder moutons... Pas la pluie sept mois. Faudrait mener moutons dans la montagne Atlas, pour trouver herbe, mais trop loin Marrakech pour femme malade et mère vieille et petits enfants. Alors moutons mourir de faim. Tu m'écoutes ?

— Oui, dit Félicien, mais tu parles guère bien français.

— Pourtant moi aller école française, mais difficile beaucoup comprendre parler français. Reçu lettre femme, faire dire à moi par écrivain Hassan : « Revenez mon mari, autrement tous les moutons mourir de faim », moi aller trouver commandant. Très gentil, commandant. Moi dire : « Commandant, femme écrit moutons tous mourir de faim parce que mal aux yeux et au ventre, peut pas mener manger herbe verte dans montagne Atlas. Mère trop vieille, marche avec bâton. Moi, faut partir Marrakech tout suite, autrement moutons tous morts, petits enfants, petite femme, mère vieille, tous mourir de faim... Tu comprends mon commandant ? Commandant dit : « Mais non, ta femme et ta mère doivent toucher allocation ? N'est-ce pas, elles touchent allocation ? » Moi dire : « Père Boujma ben Ahmed laissé grand troupeau moutons... »

— Tu nous les casses avec ton grand troupeau moutons, interrompt le Corse. Tu en fais des chichis pour de la barbaque !

— Toi méchant, dit le Marocain, toi avoir tué fille et veux empêcher moi de raconter à mon zami pourquoi moi a coupé mon poignet...

— Ça fait cent fois... dit le Corse.

— Tu t'es coupé le poignet ? demande Félicien.

Une quinte de toux le courbe sur lui-même.

— Toi, beaucoup tousser, dit le Marocain, mais les Madame te mettre cataplasmes et toi guérir vite. Alors écoute, quand commandant dire « Allocation », moi pas comprendre et dire encore : « Mon commandant, moi faut partir dans bateau tout de suite Marrakech. Donne la permission. » Commandant dire « Pas possible. » Raconte à général. Général beaucoup rire. Commandant dire : « Va, Djemil, retourne camarades camp La Farlède. Toi bon soldat, blessé deux fois, guéri, croix de guerre. Allemands encore méchants, faut encore aller défendre Patrie, après Allemands foutus, guerre finie, toi retourner Marrakech, mener moutons Atlas. » Moi dire encore : « Non, faut tout de suite mener moutons, autrement moutons tous morts. » Commandant alors regarder méchant, dire : « Suffit, Djemil, retourne camarades, autrement prison. » Alors moi, pris couteau...

— La barbe ! crie le Corse.

— Alors ? dit Félicien.

— Moi, avec couteau, commencé couper poignet pour plus avoir main pour tenir fusil. Pas besoin main, garder moutons. Mais viande trop dure, pris hache couper le bois. Alors cette fois bien couper poignet. Mais sang couler tellement, couler partout comme pisse cheval, alors moi tomber par terre. Camarades, crier, ramasser, porter infirmerie, après hôpital. Moi, bien content, penser partir tout de suite Marrakech mener moutons, mais commandant venir voir et dire : « Toi, mauvais soldat Djemil, perdu estime tes chefs. Quand guéri, passeras devant conseil de guerre. En attendant, prison. » Regarder méchant, moi pas compris. Puisque moi, avoir expliqué commandant : « Moutons mourir de faim, femme trop mal aux yeux, mère vieille, enfants petits... »

— Ô, dis donc, tu vas remettre ça ? crie à nouveau le Corse.

Il s'est assis sur son lit et dans l'ouverture de sa chemise, on voit une toison dure de poils noirs, coupée par une large bande de pansements.

— Tu en fais des histoires pour une main. Moi, j'ai encore une balle de pétard dans la poitrine et j'éprouve pas le besoin de raconter à tout le monde...

— Toi méchant, crie le Marocain, toi avoir tué fille maison avec deux mains autour du cou !

— Elle avait qu'à pas se foutre de moi, dit le Corse. Non, mais des fois, pas vouloir se laisser faire parce que j'avais bu un verre de trop et que je lui avais foutu deux calottes ? Ces morues ! Vouloir commander un homme de Corte ? Et puis je l'ai pas fait exprès, je lui étais dessus, c'était plus pour la frapper, c'était pour lui faire l'amour. Moi, je l'entendais plaindre, je croyais que c'était qu'elle prenait son plaisir. Un peu avant la fin, je me suis rendu compte qu'elle avait clamsé, mais elle était toujours chaude, alors j'ai dit : « Tant pis maintenant j'y vais jusqu'au bout ! » Après je me suis endormi. C'est les gendarmes qui m'ont réveillé, alors j'ai vu les choses. J'ai demandé à aller aux chiottes et c'est là que je me suis tiré trois coups de pétard dans la poitrine.

— Tu es guéri ? dit Félicien.

— Pas encore, il faut m'extraire la troisième balle, qui est restée dans les tissus, y disent.

— Les madames infirmières ont parlé de toi mauvais coton, dit le Marocain avec un regard sombre.

— Gueule de cirage ! Ferme-la qu'y va pleuvoir dedans. Et puis moi, je m'en fous, clamser ici ou retourner dans la tranchée, c'est tout du pareil au même, tu comprends ? Personne m'attend, moi ! J'ai pas « petite femme, ni grand troupeau moutons ». Mon père et ma mère, ils ont tous les deux un petit jardin sur le ventre, avec un cyprès et une grille autour, sur la pente d'un champ, au-dessus de Corte. Tu connais la Corse ?

— Non, dit Félicien.

— C'est beau, tu sais. C'est plus beau que tout ! Surtout Corte. C'est perché au plus haut d'une roche et de là tu découvres tout le pays, avec des forêts qui n'en finissent plus...

— Marrakech... commence le Marocain.

— Tu nous emmerdes avec ton Marrakech, y a pas un arbre dans ton Marrakech !

— Palmiers, dattiers, c'est pas arbres ?

— Non, c'est pas arbres ! Trois bouts de palmes raides, qui sèchent autour d'un poteau télégraphique, non c'est pas arbres ! A Corte, il y a des châtaigniers, que tu peux marcher quatre heures sur le même tapis de feuilles mortes comme un velours, y a de la vigne, y a des arbres fruitiers. Ça oui, c'est un bled intéressant !

— Bled... murmure le Marocain.

— Et toi ? dit le Corse à Félicien, qu'est-ce que tu as fait ?

— J'ai déserté, dit Félicien, et puis comme je suis malade, on m'a amené ici.

Ils se taisent tous les trois. Le Marocain s'est mis en boule sous ses draps comme un gros chien, son moignon de bras et sa tête crépue, c'est tout ce qu'on voit de lui. Le Corse lâche un bruit. Félicien sombre doucement dans le sommeil.

XIII

Arnaude avait eu raison de croire que grâce à Angiollini les choses s'arrangeraient. On avait gardé Félicien à l'hôpital du Château. Le lendemain, quand Arnaude avait appris cette nouvelle, elle avait dit au brigadier :

— Si tu voulais me rendre un grand service, encore un, je pourrais dire, ce serait de faire monter quelqu'un à Grand-Cap, voir Ollivier et me l'amener ici. J'ai beaucoup de choses à lui expliquer et qu'il aura à nous attendre quelques jours, parce que moi, tant que je pourrai rester pas loin de Félicien...

— Je te comprends, dit Angiollini, c'est entendu. Arnaude ne peut aller voir le malade, il est dans la salle des consignés, mais l'infirmière, qui sait par le brigadier que la mère est logée en face, laisse la fenêtre de Félicien grande ouverte, cinq minutes le matin. Alors Arnaude se met à sa fenêtre à elle et elle regarde quelque chose au fond d'un lit blanc, qui lui fait signe avec la main, c'est son petit. Cela suffit pour lui aider à vivre tout le reste du temps.

Angiollini est revenu vers le soir, l'air bien ennuyé, il a dit :

— J'y comprends rien, j'ai envoyé faire ta commission à Grand-Cap, comme je te l'avais promis, mais on n'a trouvé personne.

— Ollivier devait être au bois, dit Arnaude.

— Non, dit Angiollini, mon gendarme a promené partout, il a appelé, même il m'assure qu'il est monté vers Bramafan, pensant que ton garçon, tant seul, serait allé voir des camarades.

— Nous fréquentions personne, dit Arnaude.

— C'est pour ça que c'est étonnant de pas l'avoir rencontré dans ta cabane ou à l'entour... La clé était sur la porte, il dit, il est entré, mais il a rien vu d'anormal, tout était bien en ordre.

— Il peut pas être loin pourtant, dit Arnaude, à moins qu'il soit parti dans l'idée de venir nous retrouver ? Mais non, puisque nous l'avons pas vu ici... J'y comprends rien. Cependant il doit être là-haut... Ou peut-être au moulin de Sinssol, qui sait ? Il a regardé là aussi, ton gendarme ?

— Ah, dit le brigadier, là, peut-être que non ! J'ai pas pensé de le lui dire, mais c'est vrai, c'est bien possible que par peur de nous autres, il soit retourné là où tu avais caché ton Félicien. Tu veux que je renvoie mon homme ?

— Non, dit Arnaude, demain matin à la première aube, ce soir y fait trop nuit, je monterai moi-même. Comme ça, je le verrai tout de suite, que le pauvre, il doit commencer de languir. Et ma chienne, il l'a pas vue, ton gendarme ?

— Je sais pas, il m'en a pas parlé.

— Dis-moi, reprit Arnaude, alors pour Félicien, comme tu crois que ça va être ?

— Exactement, je peux pas te renseigner. Mais il est reconnu que ton garçon est malade de la poitrine et que beaucoup de soins lui sont nécessaires. Mon capitaine demande pour lui la liberté provisoire. S'il arrive à l'obtenir, tu remporteras ton fils chez toi et tu pourras le guérir à ton aise.

— Si jamais je peux le guérir... dit tristement Arnaude.

— Quand tout s'arrange au mieux, tu ne vas pas perdre courage, peut-être ?

Le brigadier mit sa grosse main sur l'épaule d'Arnaude, comme au matin de l'arrestation, et Arnaude revit la scène dans la chambre, quand elle avait voulu se servir de son ancien amour pour corrompre Angiollini et aussi, après, quand elle l'avait insulté.

— Je comprends bien, dit-elle, que si tout marche si

facilement, c'est parce que tu es derrière ton capitaine et que tu le pousses. Et je me rends compte que pour qu'y t'écoute comme ça, cet homme qui a tant de galons et l'air si sévère, c'est qu'y faut que tu soyes encore plus brave et plus courageux que ce que j'aurais pensé. Alors, écoute, je t'ai demandé pardon de mes vilaines manières, mais maintenant, je veux te dire une chose, qu'y faut bien que tu la saches pour que nous soyons d'accord. Seulement j'ai un peu honte... Alors, mets-toi devant la fenêtre et tourne-moi le dos, tu veux ? Comme ça, je parlerai plus à mon aise.

— Tu me fais rire, dit le brigadier, enfin je t'obéis.

Son grand corps massif cacha tout le cadre de la petite fenêtre et Arnaude parla dans l'ombre :

— Voilà, dit-elle, voilà, comprends-moi bien. Quand je voulais t'amener à me laisser mon fils, je t'ai appelé Lello et même Lellito, je t'ai dit que le feu de tes yeux et toutes tes paroles, ça me rendait folle, dans le temps... Eh bien, ça c'est pas vrai et pour la loyauté je me dois de te le dire. Parce que, un homme dans ma vie, j'en ai aimé qu'un et ç'a été mon pauvre Antoine, qui contre le gré des siens, m'a honorée du nom de Desmichels et m'a fait mes trois garçons. Mais ce que je veux te dire, et c'est pour ça que je t'ai fait tourner de devant mon visage, c'est que, si jamais j'avais pu en aimer un autre, oui, si ça m'avait été possible, eh bien, Angiollini, ça aurait été toi.

— Tu me payes de tout, dit Angiollini, je peux me tourner à présent ?

— Oui, dit Arnaude et viens me faire une bise de grosse amitié.

Elle mit ses deux mains sur les épaules de l'homme et elle embrassa l'une après l'autre les joues qu'il lui tendait.

— A toi maintenant, dit-elle.

— Tu me fais manigancer un joli métier ! Un brigadier de gendarmerie, qui embrasse la mère d'un déserteur, c'est du propre, tu trouves pas ?

Ils se mirent à rire tous les deux.

— Quand tu ris, dit Angiollini, tu as les yeux de tes vingt ans !

— Tu les as pas encore oubliés, non ?

— Non. A l'heure de ma mort, je pourrai encore te dire leur couleur...

— Tu as du souvenir, toi ! Tu montes voir Félicien dès ce soir ?

Et Arnaude détacha doucement sa main de la main du brigadier.

— Oui, dit-il, tu as rien à lui faire dire ?

— Porte-lui la bonne nouvelle de sa liberté et annonce-lui que, demain, je lui amènerai Ollivier. Les deux frères seront contents de se revoir. Dis-lui que de suite en descendant de la cabane, nous lui ferons bonjour de la fenêtre, et peut-être tu nous obtiendras la permission de monter près de lui ?

— Je tâcherai, dit Angiollini.

Il fait à peine jour, le lendemain, quand Arnaude sort de l'*Hôtel Marcillan*. Elle jette un regard en passant sur la fenêtre de l'hôpital. Une lumière bleue de veilleuse éclaire encore la salle où est Félicien. Elle pense : « Qui sait comment il a passé la nuit et s'il a toujours ses sueurs ? »

Le premier car, celui qui, à l'aller, emporte de Méounes à Toulon les femmes qui vont vendre leurs légumes, retourne vers les sept heures dans la vallée ; il doit arriver bientôt, elle le rencontre à la sortie de Solliès. En effet elle le trouve, elle le prend. Elle en descend peu après en face du pont qui traverse le Gapeau et commande le chemin de Grand-Cap. Il ne fait pas chaud par cette aube grise de novembre, un mauvais vent arrache aux chênes leurs feuilles desséchées et les lui jette par poignées à la figure. Elle s'abrite dans son fichu. Elle sait que sous bois il fera meilleur, aussi, au premier sentier, elle coupe entre les bruyères et les fougères hautes. Il a beaucoup plu ces derniers temps ; par extraordinaire, le torrent est plein à bord d'une eau boueuse. Elle raccourcit sa route, en passant sur la planche branlante qui le traverse. Elle ne sait pas qu'Ollivier a fait le même calcul et qu'il allait aussi vite pour s'en aller, qu'elle va vite pour arriver. Comme lui, elle coupe par les terres de Plan-Bernard et de Sinssol, elle arrive sur la terrasse du moulin et, toute en confiance, elle entre par la bergerie. Elle pense : « Ce froussard, il doit se croire mieux à l'abri ici que dans sa propre maison. Je vais le trouver encore endormi et il aura une belle surprise. »

Mais la salle du pressoir est vide, Ollivier n'est pas là. Rien ne répond aux appels d'Arnaude. Elle s'appuie contre une des grosses cuves, une émotion la prend à revivre le moment où elle était venue ici, installer son fils. « Ah, s'il l'avait écoutée, il n'aurait pas été arrêté, mais ces garçons, ces graines d'homme, ils veulent toujours faire à leur tête et le résultat, le voilà ! Il était prudent malgré tout et sans cette Nine, jamais on ne l'aurait déniché. » Elle pense un peu à cette enfant de Madeleine et de Sébastien Desmichels, qui a aimé assez son garçon pour monter le soir à travers les bois, afin de le retrouver. Si elle ne savait pas la fille aussi coureuse, elle en tirerait quelque espoir pour le bonheur de Félicien. C'est quand même une preuve d'amour. Ô, elle sait bien qu'elle aussi, elle aurait fait ça pour rencontrer son Antoine, autrefois. A travers l'eau, à travers le feu, à travers l'enfer peuplé de démons, elle l'aurait rejoint à son premier signe…

Elle regarde le lit de hasard qui a été un lit d'amour, dans les flancs sombres et froids de cet enfer où reste encore une paillasse abandonnée. Alors à terre, elle voit une petite chose blanche, roulée en boule, comme un oiseau mort, c'est un mouchoir de femme. Elle le ramasse et le garde dans le creux de sa main. Elle pense à Nine, elle pense à Renée, elle pense à Félicien… à ce besoin d'amour qui les a mêlés, elle se dit : « Une femme l'avait sauvé, une femme l'a perdu. »

Cependant, l'inquiétude d'Ollivier la tire hors de ses pensées, il doit être à la cabane, elle reprend son chemin, dans l'herbe du sous-bois. Son cœur se serre :

« Ah ! j'ai trop réfléchi qu'à Félicien ! Quand on est partis, j'aurais dû moi-même aller voir où était Ollivier. Je lui ai pas expliqué qu'y restait le gros morceau de bœuf aux oignons dans le haut du placard et qui sait s'y l'aura trouvé ? Sinon, qu'est-ce qu'il aura mangé ? Les poules font toujours quelques œufs de ce moment, il aura bien su se faire une omelette, y a le lait de la chèvre… Je crois qu'y avait encore un bout de fromage. Ô, y sera pas mort de faim, il est pas si bête ! mais tout ça, j'aurais dû m'en occuper avant de descendre. Seulement oui, je le vois, j'avais la tête trop pleine du malheur de Félicien et ça m'empêchait de réfléchir à autre chose. »

Elle arrive sur le terre-plein qui précède la cabane. Elle voit la clé dans la serrure tout de suite, comme le gendarme l'avait trouvée la veille. « Ça c'est bien du garçon, elle pense, y dort avec la porte ouverte. » Elle entre dans la cuisine et, tout droit, va à la chambre. Elle dit :

— Ollivier !

Rien ne répond. On n'y voit guère. Elle passe la main sur le lit, il est plat, elle ne peut pas le croire, elle ouvre la fenêtre pour avoir plus de jour, elle retourne vers le lit, il est vide, pas défait, ainsi qu'elle l'avait laissé à son départ, la couverture au crochet bien tirée sur l'édredon jaune. Les tiroirs de la commode sont restés mi-ouverts, au dernier moment, elle avait cherché un cache-col pour Félicien et elle les avait mal refermés. Ollivier n'est pas entré dans la chambre.

Elle revient dans la cuisine. Il a pu coucher dans ce petit lit, que lui ou Félicien utilisaient, mais il serait déjà levé si tôt ? Là aussi, la fenêtre ouverte, elle y voit mieux : le lit est comme quand Félicien l'a quitté, lorsque le brigadier l'a aidé à s'habiller, les draps et la couverture traînent à terre. Il est vide et froid, Ollivier n'a pas non plus couché ici.

Alors Arnaude prend peur, elle s'assied sur le bord de ce lit, les jambes coupées par l'émotion : « Où il est ? Où il est ? Ah, je n'aurais jamais dû le laisser seul comme ça ! elle pense. Il n'est pas si vieux, il se sera donné peur et il sera allé coucher dans le bois, quitte à prendre mal. »

Elle sort, elle crie en se tournant vers tous les points que le soleil lui découvre dans la buée argentée de l'aube. Elle crie :

— Ollivier !

Vers la masse épaisse des gros pins qui montent vers Bramafan et les pins sifflent en se tordant sous le mistral. Elle crie :

— Ollivier !

Vers le chemin qui descend au creux de la vallée et va

rejoindre la route de Solliès. Là, le vent se fait plus doux sur les vergers et le bruit du Gapeau chante petit, petit, comme ce vent.

Et vers la forêt basse, qui moutonne de chêne nain en chêne nain jusqu'aux bois de Montrieux-le-Vieux et vers les champs de vignes rouges qui, par-derrière Solliès-Toucas, vont vers la Farlède, elle crie :

— Ollivier !

Mais les voix de l'eau, du vent, des arbres, seules lui répondent.

Elle pense au bûcher, elle y revient par l'entrée du dehors. La porte est grande ouverte et dans le coin, là, contre les fagots, il y a quelque chose de couché. Elle crie :

— Ollivier !

C'est Michelle. La chienne lève vers elle son museau pour essayer de lui lécher la main, mais son museau est tout enflé, une bave sanglante lui coule de la bouche et ses yeux, à demi fermés, laissent à peine filtrer un regard fiévreux.

— Michelle !

Elle crie, on lui a tué la chienne, on a tué Ollivier. Elle s'agenouille près de la bête, alors elle voit qu'elle a aussi une patte énorme, grosse au genou comme une orange. Michelle est blessée, quelqu'un lui a fait du mal. Alors c'est qu'Ollivier n'était pas là, car jamais il n'aurait laissé toucher à sa chienne.

— Ô, pauvre ! dit-elle, qui t'a fait ça ? Attends, je vais te soigner, mais laisse d'abord, que je trouve Ollivier, mon Dieu, que je le trouve !

Elle se relève, elle tremble d'inquiétude, elle retourne dans la cuisine. Elle envoie la main en haut du placard. Le morceau de bœuf aux oignons est là, intact. Le vin, le pain, le fromage, tout est là, pareil. Ollivier n'a pas mangé.

Elle sort à nouveau, il lui semble qu'à la fin, elle va comprendre en regardant partout. L'étable... Dès qu'elle ouvre, Cabrette tire sa chaîne vers elle et la regarde fixement, puis elle lui tourne le dos et se plante sur ses quatre pattes écartées. Elle demande qu'on la traie. Arnaude voit les tétines lourdes et tendues. Elle les touche, elles sont dures, si pleines que la bête souffre et se met à bêler d'un son triste.

— Oui, oui, dit Arnaude, je vais te traire. Laisse-moi seulement trouver Ollivier.

Elle met la main dans le nid des poules, il y a sept œufs, pour deux jours c'est le compte. Ollivier ne les a pas ramassés et les poules n'ont plus de grain, les lapins n'ont plus d'herbe, la pâtée de son fait une croûte desséchée en couronne, autour de la vieille cuvette d'émail.

Tout ça sent l'abandon. Arnaude reste debout, sans mouvement et sans parole, au milieu de l'étable. Maintenant c'est fini, il n'y a plus d'endroit où elle puisse chercher... Nulle part ici, il n'y a Ollivier, alors où est-il ? Elle pense des choses folles : « S'il était venu des malfaiteurs, si on avait agressé le petit, il y aurait des traces de lutte, du désordre, tandis que tout est resté calme... Pourtant la chienne ne s'est pas blessée seule ? Alors ? »

Revenue dans la maison, elle a une idée, tout d'un coup. Dans son armoire, sous la pile des serviettes, elle avait caché cent francs, deux billets de cinquante. Dans le gros désarroi du départ, elle n'a pas pensé à les prendre et il lui a fallu emprunter au brigadier. Elle cherche, voilà les billets dans l'ancien portefeuille du père d'Antoine. Rien n'est dérangé autour, non, les voleurs ne sont pas venus.

Mais dans la penderie, sous le rideau écarté, un vide lui saute aux yeux : les vêtements de dimanche d'Ollivier ne sont plus là.

Ceux de Félicien, elle les a passés elle-même, avec Angiollini, à son garçon malade, pour descendre à la gendarmerie, mais ceux d'Ollivier, ils devraient être là et s'ils n'y sont plus c'est que le petit les a sur le dos. Il s'est changé... Elle visite les chemises, il manque les trois plus neuves et il manque les souliers découverts en cuir jaune et les chaussettes rayées. Et il manque deux mouchoirs à la dernière douzaine achetée au marchand qui passe les jeudis, et le cache-col en tricot de soie blanc et la casquette pour s'habiller...

Le vieux costume, les chaussures de travail, les grosses chaussettes cent fois reprisées, Arnaude les voit maintenant, qui forment un tas gris dans un coin de la cuisine. Une ceinture de cuir verni se tord à terre comme un serpent.

Ollivier est parti. Il est parti en sachant qu'il partait...

Arnaude est assise à côté du tas que la main ingrate a abandonné. Ses yeux usés, où les larmes ne montent plus beaucoup, regardent en dedans d'elle tous les malheurs de sa vie. Elle dit :

— Pauvre de moi...

Elle voit tout son vide : Antoine mort, Joseph mort, Félicien si malade, Ollivier parti. Le bêlement désespéré de la chèvre, qui croit que ses tétines vont éclater, lui arrive à travers le mur de l'étable. Les poules, qui l'ont suivie dans la cuisine, en espérant du grain, tendent leur cou et gloussent d'un air irrité. Elle entend pleurer Michelle. La chienne voudrait venir, mais n'a pas la force de se traîner. Les lapins grattent le grillage et rongent le bois pour se délivrer. Le vent, avec un bruit sec, avec un geste de gifle, jette la porte du bûcher contre le mur et puis la rejette dans son cadre qui gémit. Alors le vent rit d'un grand rire méchant et fait rouler jusque dans la maison un flot de feuilles arrachées, sèches comme des cadavres d'insectes.

XIV

— Y faut comprendre, maman, ce petit, ce petit il a pas tous les torts...

— Ce qu'il a fait, dit Arnaude, jamais je pourrai...

— Ce qu'il a fait, dit Félicien, c'est pas une belle chose, ça c'est sûr, surtout vis-à-vis de toi, mais je te le dis, y faut comprendre.

Félicien est allongé sur son lit d'hôpital. L'été de la Saint-Martin entre par les fenêtres avec son soleil qu'on apprécie encore plus parce que c'est le dernier avant l'hiver. L'infirmière a fait asseoir Arnaude, puis elle est sortie avec un gentil sourire.

Félicien et Arnaude sont tout seuls dans la salle. Le Marocain est parti il y a une semaine. Son poignet était cicatrisé, on l'a renvoyé sur le front, dans les compagnies de discipline. Il est venu dire adieu à Félicien avec un rire tout blanc.

— Alors, mon zami, maintenant faudra que moi coupe autre poignet pour aller montagne Atlas, mener grand troupeau moutons !

Félicien a pensé en dedans de lui : « Au front, il n'en manquera pas de couteaux pour couper son deuxième poignet. » Et avec un ruisseau d'eau froide dans le dos, il s'est rappelé le geste des nettoyeurs de tranchée... Alors, il s'est coulé avec plaisir dans son lit et il a encore pensé : « J'aime mieux que ce soit lui que moi. »

L'avant-veille, on a emporté le Corse à la salle d'opération pour lui extraire sa dernière balle. C'était le matin vers les sept heures. Félicien, engourdi de sommeil après une mauvaise nuit où la fièvre l'avait brûlé, s'est réveillé au bruit du brancard. En passant devant lui, le Corse lui a dit :

— A tout à l'heure, collègue.

A onze heures, quand on lui a apporté à manger, Félicien a demandé à l'infirmier :

— Et le Corsico, comment y va ?

— Je sais pas trop, a dit le garçon.

La journée s'est traînée, justement il pleuvait, ça faisait triste, Félicien a un peu lu un petit roman que le Corse lui avait prêté et qui parlait d'une jeune fille d'un château, qui s'était laissé mettre enceinte par un monsieur marié du voisinage. Elle s'appelait Diane, et sa mère l'obligeait à faire de grandes promenades à cheval, pour avorter. La couverture était en couleurs, elle représentait un parc, avec de beaux arbres et des bassins pleins de cygnes. Sur le devant, on voyait Diane qui glissait de son cheval, toute pâle et défaite dans sa longue robe d'amazone, collante sur ses seins gonflés et son ventre rond. Elle glissait comme une écharpe dénouée dans les bras de sa mère, la comtesse des Arbois, qui la regardait d'un air dur. On comprenait que la comtesse devait lui dire : « Je préfère vous voir morte, ma fille, que de vous voir apporter le déshonneur dans le château des d'Arbois. » Mais tout de même, Diane n'arrive pas à se faire avorter et la comtesse fait enlever l'enfant par un de ses serviteurs qui l'emporte à travers la forêt pour l'abandonner. Pauvre petit ! Heureusement le serviteur est assailli par des bandits de grande route et ce sera la femme du bandit, Conchita, qui sauvera le petit et en prendra soin. Le bandit a une fille, Ginèvre, on devine que l'enfant, devenu grand, sera amoureux de Ginèvre, mais Diane, mariée avec un marquis très riche et devenue veuve, le retrouve et veut l'empêcher d'épouser la fille du bandit, parce qu'elle n'est pas noble. Heureusement, on devine, tout à fait aux dernières pages, que Ginèvre est aussi une enfant volée dans un château et qu'elle est l'héritière d'une grosse fortune.

Il y a une suite, Félicien voudrait bien la lire. Certainement Ginèvre finit par épouser le fils de Diane et ils sont heureux ensemble. Félicien serait content d'en être sûr.

Le soir, il sort de son abrutissement de lecture pour demander encore à l'infirmier, quand il lui apporte son repas :

— Mais alors, il y couche sur le billard, le Corse ?

L'infirmier est gêné. Il veut poser vite le plateau et s'en aller, mais Félicien insiste et le retient par le bras. Une idée lui est venue :

— Il y est pas resté, quand même ?

— Oui, dit l'infirmier. La balle était trop profond près des intestins. Il est mort sous le chloroforme.

— Pauvre type ! dit Félicien.

Il oublie que le Corse était un assassin et qu'il ne méritait guère la pitié. Il pense seulement au petit cimetière de Corte, sous son cyprès, entre ses grilles, où le fils n'ira pas dormir près des siens. Il pense : « Tout ça, c'est la faute de la guerre. La guerre, ça rend tout le monde fou. Si j'étais le Bon Dieu, je les leur reprendrais, aux hommes, toutes ces choses que je leur ai données pour qu'ils soient heureux sur cette terre. Les plantes, les arbres qui permettent de manger, les bêtes et leur viande toute prête pour s'en nourrir, le savoir de faire du feu et d'user de l'eau, le soleil qui mûrit les fruits, les femmes qui vous calment le besoin d'amour, les enfants qui, par la leur, vous rendent votre jeunesse perdue, oui, je leur reprendrais tout, parce que, toutes ces bonnes choses, ils se les méritent guère, ces grands imbéciles qui s'occupent que de se faire du mal les uns aux autres ! »

Après toutes ces pensées, il s'est tellement énervé à réfléchir que, lorsque l'infirmière a fait son tour de ronde, avant la nuit, elle lui a trouvé quarante de fièvre.

— Qu'est-ce qui vous prend ? a-t-elle dit. Vous alliez mieux ?

— Je voudrais voir ma mère, a dit Félicien, c'est ça qui me ronge.

— Je ne sais pas si ce sera possible, a dit l'infirmière, il ne faut pas oublier que vous êtes consigné.

— Je sais, dit Félicien, mais qu'est-ce que ça changera que je voie ma mère ou que je la voie pas ?

— Y a un règlement pour tous.

— Je le sais, a dit Félicien.

Il a eu tout d'un coup un visage si triste, qu l'infirmière a eu pitié de lui.

— Je vais essayer, a-t-elle dit, puis elle est sortie

— Par le brigadier peut-être, a pensé Félicien.

Le lendemain, il a vu entrer sa mère. Il a reçu sur son épaule un maigre corps secoué de sanglots.

— Pleure pas, maman.

Il disait cela, mais ses larmes, à lui, coulaient toujours chaudes dans son cou.

Maintenant Arnaude est assise à son chevet et elle le regarde en l'écoutant. Elle a de la peine de le voir avec une figure si grise dans cette chemise de toile, blanche et raide comme un mur neuf, et ces mains sans chair qui mettent sur le drap deux longues bêtes à cinq pattes.

Son Félicien, son fils, ah, si du moins celui-là, elle pouvait se le garder ! Et elle, qui comptait lui amener Ollivier, il a bien fallu qu'elle lui dise cette mauvaise nouvelle...

— Comment disparu ? a dit Félicien. Et où tu veux qu'y soit allé ? Nous voyons personne. On a pas dû assez le chercher. L'hasard a dû faire qu'y soit dans un endroit du bois où il a pas entendu les appels.

Arnaude n'ose pas protester, pourtant elle fait comprendre à Félicien qu'avant de quitter la cabane, Ollivier a emporté du linge et ses habits neufs.

— Celle-là, par exemple ! a dit Félicien.

Il est resté un gros moment à réfléchir, ne sachant plus quoi dire. Enfin il a fini par réaliser cette chose incroyable qu'Ollivier avait fait exprès de quitter la cabane. Alors il a essayé d'en comprendre le pourquoi. Il a poussé sa raison à deux mains, comme un bélier dans une porte fermée, pour tenter de faire venir la lumière. « Pourquoi ? Pourquoi ? s'est-il dit et redit. Le petit n'était pas malheureux avec nous autres et de sûr, il nous aimait comme nous l'aimions. Qui sait si c'est son propre vouloir ou celui d'une autre personne, qui l'a emporté dans son torrent ? C'est ça qu'y faudrait deviner... »

Et il demande à sa mère :

— Tu as une idée, toi ?

— Une idée ?

— Oui, une idée, de comprendre pourquoi il est parti ?

— Moi, dit Arnaude, je crois que c'est toujours son envie de la mer qui l'a poussé.

— Il n'avait qu'à le dire, nous l'aurions pas empêché, dit Félicien. Mais c'est vrai qu'il me gardait... Il était pas libre...

Il se reprend à réfléchir. Il pense à cette vie que le travail de la forêt et la surveillance dans le moulin de Sinssol avaient faite à son frère depuis des mois. Ollivier ne s'était jamais plaint mais, sans doute, il aurait mieux aimé vivre comme les autres garçons, disposer de ses soirées, de ses nuits peut-être... Ses nuits ? Est-ce qu'Ollivier était déjà assez grand pour que ses nuits aient un autre emploi que le sommeil ? « On ne les voit pas grandir... pense encore Félicien. Quand ils sont plus jeunes que vous, on les voit toujours des gosses et des fois, c'est devenu des hommes, sans qu'on s'aperçoive. Alors si c'est comme ça, c'est nous qui avons les plus grands torts, moi surtout, maman, elle, c'est une femme, c'est pas pareil, mais moi, j'aurais dû comprendre. »

Il voit bien que s'il n'a pas compris, c'est qu'il ne regardait pas vivre son frère, c'est que, pendant tous ces soirs où ils étaient prisonniers ensemble dans le vide triste du moulin, il ne s'est soucié que de lui-même, il n'a parlé que de lui... oui, de lui... et aussi des femmes : Renée, Nine, les autres avec lesquelles il a couché au hasard des rencontres, elles étaient toujours en présence, dans les conversations qu'il tenait à Ollivier. Le petit ne répondait guère mais, tout de même, il entendait.

« A sentir l'état de folie où je me suis trouvé, de cette privation d'amour, se dit-il, je comprends que, peut-être, cette coulée de lave qui me brûlait, elle a brûlé aussi tout le tendre d'Ollivier, lui qui était encore sensible comme l'aubier d'un tilleul. Et j'aurais dû mieux faire attention, je le vois bien maintenant... Je me rappelle quelle petite figure méchante il avait, les soirs où je recevais Nine et comme il me coupait la parole, quand je lui racontais nos amours. J'aurais pas dû... Je le vois bien maintenant. »

Et c'est à ce moment qu'il a relevé la tête et qu'il a dit à sa mère :

— Il faut comprendre, maman, ce petit, il a pas tous les torts.

— Que veux-tu que je comprenne ? répond Arnaude. Ce que je comprends, c'est qu'il nous a quittés, moi seule, toi malade, sans plus se soucier de nous que s'il nous avait jamais connus. Et tu veux que je lui trouve une excuse ? S'il a pas tous les torts, qui les a ? Toi peut-être, ou moi, de l'avoir trop soigné...

— Pas toi, dit Félicien, mais moi oui.

— Toi ! et en quoi ?

— Il a été privé de sa liberté par ma faute. Quand j'ai fait ce que j'ai fait et je le referais encore demain, parce que ce qu'on me demandait, c'était pas possible que je l'accepte, je vois bien que j'aurais mieux agi, en restant comme l'autre fois à Marseille ou ailleurs et en ne venant pas troubler votre vie...

— Tu es pas fou ? dit Arnaude.

— Non, va, je dis la vérité, malheureusement. Quand on en arrive où j'en suis arrivé, à des actions qui vous mettent au ban de la société, il vaut mieux aller faire le forçat sur les routes de Calédonie que de venir embarrasser les siens.

— Embarrasser ? Comment tu peux ?

— Oui embarrasser ! Je le maintiens. Et troubler les idées d'un garçon de seize ans, comme je l'ai fait avec ma passion d'homme. Tu me l'as jamais dit, toi, parce que tu es bonne comme le bon pain, mais tu crois que je le sais pas que j'ai eu tort de recevoir Nine au Moulin, d'envoyer Ollivier me la chercher, de le faire presque assister à nos rencontres ? Je lui ai troublé la tête à ce petit, avec toutes mes paroles qui se rapportaient qu'à cette grosse envie d'amour, que lui, y pouvait pas encore comprendre ! Ah maman ! Toute ma vie, j'en aurai le regret !

« Toute ma vie, pense Arnaude, devant ce visage, marbré de jaune, où déjà le sang se pourrit, toute sa vie, mon Dieu, mon Dieu ! Il faut que j'entende ces choses !

— Alors, c'est pour ça, continue Félicien, qu'y faut pas trop lui en vouloir, tu comprends ?

Une de ses crises de toux le courbe encore en deux,

arbre qui ne tient plus au sol que par de faibles racines et que le mauvais vent ploie vers la terre.

Le cœur de la mère est, dans sa poitrine, une lourde pierre qui pèse sur tout.

— Le plus grand malheur de tout, dit-elle, c'est que votre père soit mort. Parce que, s'il avait été là, quand tu as fait ta grosse bêtise de croire que tu arriverais à te sauver de la guerre, s'il avait été là, lui, il t'aurait raisonné mieux qu'une femme et tu te serais rendu. On t'aurait mis tout de suite à l'hôpital et maintenant tu serais guéri.

— Ça, mère, dit Félicien brusquement, permettez-moi de vous dire que c'est autre chose, vous parlez de la guerre, comme ceux qui ne savent pas ce que c'est, comme les femmes qui n'ont jamais mis les pieds dans une tranchée, vous n'avez jamais été forcée de boire une eau dans laquelle trempaient des cadavres, ni de faire vos besoins sur vos camarades morts... Ah ! non, vous ne pouvez pas savoir ! C'est comme si, moi, je voulais vous expliquer ce que vous avez souffert pour mettre vos petits au monde... Vous comprenez, mère ?

— Enfin... dit Arnaude, que veux-tu... En tout cas, j'aime mieux que tu sois revenu à la maison, et je vois pas en quoi ton exemple a poussé Ollivier à nous abandonner.

— Si vous le voyez pas, c'est que vous allez pas assez dans le fond des choses, dans ce domaine du cœur, que pourtant vous connaissez bien. Je me rappelle vous avoir souvent entendu dire, et il n'y a pas longtemps encore : « L'amour, c'est le pain des pauvres. » Et je le sais, mère, vous ne vouliez pas parler de ce semblant d'amour que les hommes vont demander à n'importe quelle femme, parce que le besoin qu'ils portent leur est insupportable à porter et qu'il faut absolument qu'ils s'en débarrassent. Il y a longtemps que j'ai compris que vous vouliez parler de quelque chose de plus beau, quelque chose que vous avez connu avec mon père et que j'espérais bien arriver à connaître un jour avec celle que j'aimerais.

Arnaude sentit encore une fois son cœur pesant comme une pierre. Une voix criait en elle, avec un accent désespéré : « Alors maintenant, il ne l'espère plus, pour lui, ce grand bonheur de se sentir que deux sur la terre ? »

Elle voulut rire :

— Si ta cousine Ninette t'entendait, elle ne serait pas contente, car elle, certainement, elle a cru l'être pour toi, ce que tu cherchais et il a bien fallu qu'elle t'aime pour venir te trouver jusqu'à ce moulin ?

— Je dis pas non..., dit Félicien, mais, mère, il faut que je vous le confesse : de l'amour, du vrai, de celui que vous appelez la bonne nourriture qui rend fort, je n'en ai jamais eu pour Nine. Elle, elle en avait trop pour n'importe qui, et d'une qualité qui n'était pas celle que vous croyez. Ce que j'ai voulu lui demander, j'ai un peu honte de l'avouer devant vous, comme j'avais un peu honte de vous parler de Renée, parce que vous êtes ma mère et que ces sortes de choses, on ne les avoue pas à celle qui vous a mis au monde... Et ce qu'elle m'a apporté, c'était bien ce que j'avais attendu d'elle, pas plus.

Il tordit et détordit ses mains où les os dessinaient leur squelette.

— Pas plus... redit-il. Et j'aurais eu tort d'en attendre autre chose. J'ai qu'une peur, c'est qu'Ollivier...

Il s'arrêta de parler.

— Quoi, Ollivier ? demanda sa mère. Qu'est-ce que tu veux dire ?

— Rien, dit Félicien, c'est peut-être une idée que je me fais. Et je demande que de me tromper, mère, vous pouvez le croire...

XV

« Comment trois semaines ? Qui vient de dire ça ? »

Ollivier se demande s'il a bien entendu. Quelqu'un vient de lui dire :

— Tu comprends, Ollivier, depuis trois semaines que tu es là, à te voir rester sans rien faire, les trois quarts du temps enfermé dans cette chambre de poule, je t'assure que ça fait guère bonne impression...

Il regarde celui qui parle. C'est un grand garçon de plus de trente ans, qui vient de perdre un bras à la guerre. Il balance un torse large sur des hanches solides. Il a un bon visage franc. On l'appelle Provençal, il est pêcheur.

— Seulement, moi, malgré le mauvais semblant de ta vie, j'ai deviné que tu étais pas pourri comme tu en avais l'air. Alors, écoute-moi... Mais bois ton pastis d'abord.

Ils sont assis tous les deux devant le bar de la *Girelle*. Sur une table en fer, entre leurs jambes, il y a deux verres d'anis. Il est onze heures du matin. La Poissonnerie est pleine d'épais comme un œuf de dinde. Les cris se mélangent et sortent de tous les étalages. La marchande de sardines brasse à deux mains les poissons morts qui sont devenus une marchandise, pour remettre au-dessus les plus brillants et tenter la clientèle. Elle tire de la masse ses doigts luisants d'écailles et elle s'en met dans les cheveux en se les arrangeant. Il souffle un mistral qui emporte de grands papiers et les fait planer dans la rue.

— On dirait d'aroplanes ! dit une fille.

— Les vives, les vives ! crie la sardinière.

— Ô, qu'y sont pleins mes oursins ! chante une femme.

Le marchand de coquillages promène la pluie de son arrosoir sur les algues de ses paniers plats. Le vent, au fur et à mesure, lui sèche ses herbes de mer et les lui emporte. Il grogne :

— Avec ce mistral du diable, on peut rien garder dans sa fraîcheur.

Les deux garçons ont bu et reposé leurs verres. Provençal reprend la parole :

— Je te connais pas assez pour savoir ton fond et ce que tu as idée de vouloir, mais je te dis, ça me fait peine de te voir te gâter comme une esque laissée au soleil. Alors si tu veux, moi, voilà ce que je t'offre :

« Tu sais que je fais le pêcheur. Tu connais ma bette, la *Jeanne-Louise,* du nom de mes deux petites ? Tu le sais que je suis veuf avec deux petites ? Elles sont en pension à Hyères. Je veux qu'elles apprennent bien. J'aimerais en mettre une dans les Postes et l'autre, institutrice, ça c'est mon rêve, je gagne assez, ça peut réussir. Quand j'ai une bonne pêche, il me rentre des sous, mais il y a une chose qui en ferait rentrer beaucoup plus, ce serait d'avoir une camionnette — ô pas besoin d'une grosse machine — et d'aller vendre le poisson dans les villages de l'intérieur. Seulement autour de Toulon, c'est déjà envahi. Alors j'avais pensé d'aller s'installer au Lavandou, de poser le borjin. Tu sais ce que c'est, le borjin ?

— Non, dit Ollivier.

— C'est un grand filet, qu'avec la bette, on va poser en rond, dans les fonds. Et quand on le tire, qu'est-ce qu'on ramasse ! Mais il faut être plusieurs. On prend des hommes, on les paye sur la part de pêche, il reste encore du bon. Seulement, c'est un gros travail pour celui qui a l'entreprise.

« D'abord pour poser le borjin, y faut être deux, un au gouvernail du bateau, l'autre qui file le filet au long du bord, en prenant garde qu'y s'accroche pas, que ça coûte cher. Après la relève, y a le triage, la pesée, enfin je te le dis, c'est du boulot. Ça fait des sous, mais seul, je me sens pas. D'abord avec mon bras qui me manque...

Avec un homme comme toi, je prendrais courage. Tu marches ?

— Mais tu me connais pas ? dit Ollivier. D'abord j'ai pas un sou et puis je suis pas capable de tout ce que tu dis. Et si je fais pas ta balle ?

— Si tu fais pas ma balle, on se séparera, c'est tout. Mais moi, je crois que tu la feras, ma balle.

Dans le silence qui suit, ils finissent de vider leurs verres. Fifi Fournier s'approche d'eux. Grande et forte, elle a des yeux noirs dans un fond de charbon, une bouche dessinée avec du rouge épais comme du sang caillé et deux gros anneaux d'or aux oreilles, qui lui tombent toujours sur les joues.

— Alors ça va ? dit-elle. Pas trop fatigués ? Ah ! ces hommes, ils s'en font pas !

— Hé, dis ! réplique Provençal, j'étais sur la mer à cinq heures, moi, ce matin et je te prie de croire que ça remuait plus que dans ton lit, quoiqu'on sache jamais...

Il la pince au gras de la cuisse et il dit :

— Allez, paye-toi, qu'on a à faire.

— Ô, c'était pas pour toi... dit-elle.

Elle rentre dans le bar pour chercher la monnaie.

— Tu vois, dit Provençal, voilà comment tu te fais parler par cette morue ? Crois-moi, va, y te faut d'autre air.

— Et deux cinq, dit Fifi qui est revenue.

— Merci, dit Provençal.

— Tu pars ? dit Fifi à Ollivier qu'elle voit debout.

— Oui, dit Provençal, y vient avec moi.

— Et si Nine arrive ? Elle est pas venue hier, de sûr qu'aujourd'hui on la verra.

— Tu y diras qu'y va revenir, dit Provençal. Et puis, en tout cas, Saturnin lui fera prendre patience. Allez viens, dit-il à Ollivier.

— Pourquoi tu y as dit ça ? dit Ollivier.

— Marche, je t'expliquerai. Allons parler ailleurs.

Ils prennent la rue de la Fraternité qui les mène sur le cours La Fayette. Lui aussi il est plein de bruits, de cris et de marchandises. C'est le marché de tout. Les légumes primeurs du Var et les belles fleurs sorties des châssis souffrent sous le mistral qui les glace. Les femmes se serrent dans leurs châles.

— Ma belle, dit la marchande de gâteaux, j'ai plus une goutte de sang.

— Moi, j'ai tout de gelé, dit une autre.

— C'est vrai, y te reste rien de chaud ? lui lance Provençal en passant.

Ce Provençal ! Il a toujours la plaisanterie en tête. Il est connu des filles qui lui rient, mais Ollivier est impatient de sortir de toutes ces femmes.

— Allons au Port, dit Provençal, en débouchant sur le quai. J'ai à faire à ma bette, ça te donnera l'occasion de la voir.

Sur ce port, tout le monde travaille. Autour des canots automobiles que les patrons préparent pour les promenades d'après-midi, ça sent le pétrole, la graisse et l'encaustique. D'autres hommes, debout, les mollets nus, sur les ponts des yachts, lancent des seaux d'eau et frottent avec les balais-brosses.

Il y en a qui crient :

— Ô, Provençal !

Encore ici, celui-là est connu comme le loup blanc. Provençal amène l'amarre et dit à Ollivier :

— Saute !

Ollivier saute. La barque remue. C'est la première fois qu'il met le pied sur un bateau. Ça lui fait drôle.

Il pense aux rêves qu'il faisait, quand, planté au bord extrême de la montagne du Grand-Cap, il s'en allait tout entier, en désir, vers cette bande brillante, qu'il savait, là-bas, être la mer.

Mais il ne la voyait pas comme ça, familière, tachée d'huile, salie par les nettoyages de moteurs, lavant les chiffons poussiéreux, transportée par seaux sous la poussée des balais-brosses, et devenue comme la servante de tous ces petits bateaux. Non, lui, il avait vu un grand large d'eau verte, un peu comme sa forêt quand on la regardait de haut, avec de temps en temps des montagnes d'écume qui se déversaient majestueusement et que son navire, son immense navire, coupait avec indifférence...

— Tu vois, dit Provençal, y a un petit trou ici. Y faut calfater.

... Et le beau pont verni où les passagères en robes fines sont allongées dans les fauteuils de toile.

— La balise, devant, où je vais pêcher, c'est pas loin, mais on a le temps de se mouiller les pieds, si on calfate pas, dit Provençal.

... Et les pays où les mers sont Noires et Rouges, où les marins sont reçus dans des fêtes, où on va, entre des bananiers, vers des cases emplies de négresses nues...

— Eh ben, à quoi tu penses, petit ? dit Provençal. Elle est belle, ma bette, hé ?

— Oui, dit Ollivier.

Provençal se relève.

— C'est fait. Maintenant parlons un peu. Là-bas, à ce bordel, je me sentais guère à l'aise pour la conversation. Je voudrais que tu me parles en confiance, je suis plus vieux que toi, tu peux me dire bien des choses sans que je rougisse. Depuis quand tu fais le maquereau ?

— Je fais pas le maquereau ! crie Ollivier.

— Ça te touche ? Tant mieux, ça prouve bien ce que je pensais. C'est pas allé profond. Seulement tu te rends pas compte. Qu'est-ce que tu fais alors, si tu fais pas le maquereau ? Y a bien trois semaines que tu es là ?

— Hé oui, dit Ollivier.

Il est bien obligé de se rendre compte qu'il y a trois semaines. Mon Dieu ! sa mère, Félicien...

— Et qu'est-ce que tu as fait depuis ? Tu as travaillé ? Tu as gagné des sous ? Non. Tu as fait l'amour à cette poule qui vient te voir tous les deux jours, pas vrai ? C'est tout. En échange, elle te paye le restaurant et le coucher. Et si tu appelles pas ça faire le maquereau, comment tu l'appelles ?

— J'ai pas réfléchi, dit Ollivier.

— Ah ! C'est bien ce que je te dis, tu as pas réfléchi ! Eh bien, maintenant y faut réfléchir, tu as assez fait châlla. Tu es seul, tu as personne ?

— Comment ? dit Ollivier.

— Oui, tu as pas de père, pas de mère, pas de famille ? Moi, je te vois comme ça, on prend un anis, tu m'es sympathique, mais d'avoir jamais rien demandé sur toi, non. D'abord j'aime pas de parler avec ces putasses, Fifi ou l'autre, ta Nine, laisse-moi te le dire, c'est tout du pareil au même, tu y dis de s'asseoir et ça se couche. La mienne, elle était sage quand je l'ai prise et mes petites, il faudra qu'elles filent droit ! D'où tu la connais cette Nine ?

— Comme ça, dit Ollivier.

— Bon, mettons que j'ai rien dit. Et alors tu as personne d'autre ?

— J'ai ma mère, dit Ollivier. Mon père est mort, suite de guerre et mon frère Joseph a été tué sur le front.

— Et pourquoi tu es pas avec ta mère ? dit Provençal. Tu t'es sauvé de chez toi ?

— Ô, dit Ollivier, ce serait trop long...

— Oui, je vois, c'est des choses que tu veux pas qu'on touche. Bon, je te demande plus rien, je te fais confiance, tu as bonne figure, sauf que tu es un peu trop joli, frisé et les yeux d'eau claire. Ça, ça attire les filles comme la viande gâtée attire les langoustes. Méfie-toi de pas te laisser prendre dans les pinces.

— Qu'est-ce que tu as voulu dire tout à l'heure de Nine : « Que Saturnin lui ferait prendre patience » ? demanda Ollivier.

— Rien, dit Provençal, je vois que tu es pas mûr, je repasserai.

— Ce Saturnin...

— Qué Saturnin ? J'ai jamais parlé d'un Saturnin, moi ! Tu as qu'à te renseigner, y en a d'autres qui le connaissent mieux que moi. Allez, y faut que j'aille au droguiste, y me manque du mastic, tu viens ?

— Si ça te fait rien, je t'attends ici, dit Ollivier. J'ai mal dans les jambes.

— Je te le dis, que cette Nine, elle te tuera...

Provençal saute d'un bond de chat sur le port et Ollivier le voit s'éloigner par le quai de Cronstadt.

Il pousse un soupir de soulagement, il est content d'être seul pour réfléchir.

Trois semaines ? Alors il y a déjà tant de matins qu'il ouvre les yeux sur ces murs de chambre qui sont tout son horizon, trois semaines qu'il respire cet air d'enfermé, trois semaines qu'il mange à cette table du coin, dans la salle du bar, trois semaines, que tout son travail, tout son désir, toute sa joie sont de voir arriver Nine et de l'emporter sur le lit de leur chambre ?

Et il revoit le jour de son départ :

Quand il était remonté à la cabane, dans ce petit

matin, pour se changer et prendre ses affaires, il n'y avait ni sa mère ni Félicien, rien que Michelle assise sur le seuil. Il avait fait ce qu'il était venu faire, mais quand il avait ouvert la porte pour s'en aller, Michelle s'était dressée et Ollivier lui avait fait face d'un regard.

Maintenant, dans cette barque, où Ollivier se laisse balancer par la mer, il revit ce moment où la chienne et lui s'étaient parlé. Ce moment qui lui pèse sur le cœur comme une chose mauvaise.

— Où tu vas ? demandaient les yeux d'Ollivier.

— Où tu vas, répondaient les yeux de Michelle.

Et tout son corps était le commencement d'un bond.

— Allez coucher ! cria Ollivier.

Puis il pensa : « Non, je peux pas la laisser enfermée, si ma mère ne revient pas de quelques jours, la bête mourra de faim. »

— Sors, dit-il.

Michelle aussitôt fut dehors, dansant à ses côtés.

— Allez coucher dans le bûcher !

— Non, disaient les yeux de Michelle, j'aime mieux aller avec toi.

— Non, dit Ollivier, je te veux pas.

Il fit vers elle le geste d'un coup de pied, la chienne ferma ses paupières sur ses yeux d'or, mais ne bougea pas. Ollivier fit deux pas en avant, la chienne fut contre lui tout de suite.

— Va coucher ! je te dis. Nom de nom, tu comprends rien ?

— Je comprends que je veux pas te quitter ! disaient les yeux d'or.

— Et moi, je veux pas t'emmener, criait la voix exaspérée d'Ollivier.

Il pensait : « Elle va me faire rater le car, cette imbécile ! »

Il montra de la main :

— Au bûcher, tu as compris ? Couchée !

Contre les fagots, la chienne s'allongea, le museau sur ses pattes. Ses regards malins brillant au ras de terre semblaient dire :

— Oui, je comprends, on s'amuse.

Ollivier dégringola d'un pas vif le sentier qui descendait entre les pins. Il se retourna un peu après, la chienne était toujours couchée devant les fagots. Par le moulin de Sinssol et la terre de Plan-Bernard, il coupa les chemins et traversa le torrent de Coulepierre, sur la vieille planche, pour arriver plus vite à la route. Là, il vit Michelle assise sur l'herbe et qui l'attendait.

— Nom de Dieu ! il cria.

Et arrachant une pierre au talus, il la lui jeta.

Elle fit juste le saut nécessaire pour l'éviter et s'approcha de lui. Alors, il lui en jeta une autre, en bien visant et pendant qu'elle criait il lui en jeta une autre et une autre encore. Il était comme fou. La chienne se retourna vers lui, elle avait le museau en sang et, tenant une de ses pattes en l'air, elle pleurait.

A la fin, elle remonta vers le bois et Ollivier sauta sur la route.

« Voilà de quoi on est capable quand on est en colère », se dit Ollivier, ce matin, en repensant à son départ de la cabane. Il voudrait s'empêcher de penser à autre chose. Sa mère... Félicien... Est-ce qu'il n'a pas jeté encore plus fort sur eux, comme des pierres, son indifférence et son oubli ? Tout à l'heure, à ce Provençal, il n'a pas osé dire : « Oui, j'ai une mère, qui est la meilleure des mères et un frère que j'aimais et qui m'aimait. Félicien ! Si tu savais comme il était brave pour moi, Félicien quand j'étais petit et même il n'y a pas longtemps... Il a été malheureux à cause de la guerre et que son bon l'a toujours emporté vers ce qui est juste. Alors tu ne sais pas ce qu'on lui a fait à mon Félicien ? Eh bien, on est venu avec des gendarmes, avec des papiers, avec de la loi, on est venu pour le prendre, et moi, qu'est-ce que tu crois que j'ai fait, dis, Provençal, toi qui dis que je suis pas pourri et qui crois me connaître, tu ne sais pas ce que j'ai fait, moi qui me vantais qu'il y avait le fusil ? Eh bien, je suis allé me cacher dans les fagots et tellement que j'avais peur, que, quand tout le monde a été parti, je suis resté encore un grand moment de remuer. Je suis beaucoup courageux, hé ? Je suis quelque chose de propre, tu trouves pas ? Et depuis j'ai su par Nine que ma mère était remontée à la cabane et qu'on lui avait permis d'y faire remonter Félicien pour essayer de le guérir. En liberté provisoire ils l'ont mis. Tu penses que j'aurais dû revenir, moi aussi, hé ? Pour aider ma mère, pour distraire Félicien… Oui, eh ben, je l'ai pas fait. Je suis resté là, dans cette chambre de fille, dans ce bar de la *Girelle*, à boire, à manger, à faire l'amour ou à rien faire. A faire le maquereau, tu as dit ? Tu as raison Provençal ! Et tu as dit qu'il y a trois semaines que je suis là…

XVI

Tu as le cafard ? dit Provençal.

— Non, j'ai pas le cafard, dit Ollivier, j'ai envie de me saouler.

— C'est pareil, dit Provençal.

Quelques jours plus tard, ils sortent tous les deux, le soir après manger, du bar de la *Girelle*. Devant la porte, Fifi Fournier les regarde partir sans rien dire. Elle a vu pleurer Nine, cet après-midi, et elle a entendu des disputes dans la chambre d'Ollivier. D'après elle, Nine a fait une bêtise, on ne trompe pas un homme comme Saturnin, sous son nez, sans s'attirer des ennuis. Et pour ce gamin ! Qu'il y a des femmes bêtes...

Ollivier sait bien ce que Fifi pense de lui, sauf l'histoire de Saturnin qu'il n'a pas encore pu tirer au clair. Nine couche-t-elle avec ce type ? Il n'a pas pu lui arracher la vérité. Il l'a secouée, il lui a même donné une calotte, elle a toujours dit non. Après elle a pleuré, mais dans ce mois qu'il vient de passer à Toulon, Ollivier a déjà pris tout le mauvais d'un homme et quand il l'a vue en larmes, il lui a dit :

— Ça te fera des beaux yeux.

Il lui semblait que ça le vengeait des larmes de Michelle.

Quand ils ont été un peu loin du bar de la *Girelle,* Provençal a dit :

— Si les regards étaient des revolvers, tu serais mort.

Ollivier a souri et ce sourire a tiré les coins de sa bouche.

Depuis un mois qu'il a quitté la cabane, il a perdu son visage d'enfant, son visage pur, lustré par ce grand air des montagnes, qui lui passait sur les joues une main si propre. Son poil d'homme a poussé dur et il faut qu'il se rase. Les coiffeurs de Toulon, sur les boucles noires de ses cheveux, que le mistral s'enroulait aux doigts, ont mis de la brillantine à la fausse violette. Les muscles de sa poitrine ne jouent plus librement sous les vêtements qui les compriment. L'écureuil de Grand-Cap s'est encagé.

— Où on va ? demande Ollivier.

— Si tu veux, dit Provençal, allons *Aux Deux Bretonnes,* y a toujours du monde, on rigole et je vois que ce soir, c'est ce qu'y te faut.

— Où c'est ?

— Rue de la Glacière, pas loin.

Ils marchent en se taisant jusqu'à la rue d'Alger. Là, Provençal dit :

— Tu es toujours pas décidé à faire le poissonnier ?

— Je sais pas ce que je veux, dit Ollivier.

— Parce qu'on m'a parlé d'un jeune, qui voudrait faire équipe avec moi. Mais je préférerais t'attendre.

— Je sais pas ce que je veux, répète Ollivier, je sais pas où j'ai mal.

— Allez, rentrons, dit Provençal, c'est là.

Ce café des *Deux Bretonnes,* c'est comme un couloir qui s'enfoncerait sous la terre. Ollivier pense à ces grottes, nombreuses entre Solliès et Bellaïgue, où on peut s'abriter en cas d'orage. Son père lui racontait, qu'un jour, lui et Florestan petit, passant à bicyclette, avaient vu des gens qui attendaient là-dessous la fin de la pluie et que Florestan avait dit :

— Tiens, l'homme et la femme préhistoriques !

Tous avaient éclaté de rire. Ce Florestan, il lisait beaucoup, il savait des choses.

Le père disait souvent de lui :

— Dommage que Florestan ait pas étudié plus longtemps, y partait bien.

Les deux Bretonnes sont là. Elles ont une jupe en velours noir, avec beaucoup de plis qui s'arrangent bien en rond sur des petits sabots. Elles ont un corsage en soie qui brille, une croix en or pendue au cou, une coiffe de dentelle sur leurs cheveux frisés.

— La blonde, on lui dit Annick, explique Provençal, la brune, c'est Marie-Anne, je sais pas si c'est leurs vrais noms. Elles font de l'or.

— Et pour ces jolis petits ? dit la blonde qui s'approche d'eux.

— On a la pépie, dit Provençal.

Annick est au bas des trois marches, qu'il faut descendre pour arriver dans le caveau. Provençal lui plonge la main dans le corsage, elle rit, elle dit :

— Ce sera quoi ?

— Ce que tu voudras, pouvu que ça gratte, dit Provençal. Le petit a le cafard.

— Tais-toi, dit Ollivier qui a honte.

— Va, rougis pas, dit la Bretonne, les cafards, ça nous connaît, mais ici on les suicide !

— Pour une de loin, tu as bien l'accent d'ici ? dit Provençal.

— Moi ? dit la blonde, riant encore, je suis de Signe, je m'en cache pas ! Mais Marie-Anne, elle, c'est une vraie.

— De Signe ? dit Ollivier.

Il a relevé la tête.

— Tu connais ? dit Annick.

Signe, Chibron, la source du Gapeau...

— Alors à boire ! dit Ollivier.

— On va vous soigner, dit la blonde.

La voûte de pierre s'arrondit des deux côtés du couloir et, sous elle, les tables se serrent, laissant juste la place des chaises. En levant le bras, on touche le plafond. Beaucoup de ceux qui sont venus boire ici ont écrit leurs noms ou des phrases entières sur les murs et on se sent mélangé dans les pensées de tous ces autres.

— Bois, dit Provençal, j'aime pas trop de me saouler, mais ce soir, je comprends qu'y faut que je t'aide.

Ollivier boit. Il tousse.

— C'est raide ! dit-il.

— C'est du Calva, dit Provençal. Moi d'habitude, j'aime mieux l'eau-de-vie de pays, la blanche. Sur les coteaux, derrière Solliès-Toucas, ils en tirent de la bonne.

Ollivier s'est retourné comme si on l'avait mordu.

— Pourquoi tu dis ça ? demande-t-il.

— Moi ? dit Provençal, parce que c'est vrai. Tu es rigolo !

Ollivier vide son verre d'un seul coup dans sa gorge.

— Décidément ça va pas, dit Provençal.

Le phono est en marche et tous les airs à la mode défilent les uns après les autres. De temps en temps, un consommateur prend le refrain à son compte.

Trois petites serveuses, habillées en velours noir comme les patronnes, circulent dans le couloir. Elles ont les seins beaucoup plus à l'air et leurs jupes courtes découvrent plus haut les mollets et les cuisses.

— Tu veux en inviter une ? demande Provençal, qui voit Ollivier les regarder.

— Elles voudront ? dit Ollivier.

— Pardi, elles sont là pour ça.

Provençal allonge le bras et attrape une jupe qui passe :

— Hé Mirette ! Y a le petit qui veut t'offrir à boire !

— Mirette ? dit Ollivier, quel nom !

— C'est à cause de mes yeux, dit Mirette, y sont beaux, hé ?

— Oui, dit Ollivier.

Mirette s'assied sur ses genoux. Elle est brune, avec des cheveux plats, lissés comme un tissu noir découpé en carré autour du visage.

— Qu'est-ce qu'on va boire ? dit-elle. Tu voudrais pas payer le champagne ? Moi, je l'aime bien. Et puis ça me rend folle ! J'en commande ?

— Si tu veux, dit Ollivier.

— Y vont te le faire salé, prévient Provençal.

— Ça fait rien, dit Ollivier.

Après la scène, Nine lui a mis de l'argent dans la poche de sa veste. Mirette est revenue avec deux bouteilles dans un seau à glace, le vin a moussé dans les coupes.

— Tu bois seul ? a dit une autre serveuse à Provençal, en se glissant sur ses genoux.

— Non, y boit avec toi, dit Ollivier.

— Je m'appelle Lilas, dit-elle.

— Vous avez toutes des noms ! dit Ollivier.

— C'est les clients qui nous ont baptisées, Mirette et moi. Moi, y disent que j'ai l'air du printemps. Alors Lilas...

Lilas... des yeux mauves, la peau rose tendre, les cheveux en mousse d'or, une bouche d'amertume aux coins tombants. Ollivier la regarde. Ses jambes minces dans les bas de soie sont tout contre celles de Provençal.

— Ah oui ? dit Ollivier gravement, j'aurais cru que tu t'appelles Michelle.

— Pourquoi ? dit-elle surprise.

— Pourquoi ? dit Provençal.

— Une idée... dit Ollivier.

Il éclate de rire et en même temps, il pense : « Pourquoi j'insulte la chienne ? »

Lilas regarde Provençal et la manche vide qui pend à la place de son bras gauche.

— Tu l'as perdu à la guerre ? demande-t-elle.

— Oui, y me l'ont gardé pour souvenir, au Chemin des Dames.

— Tu l'as donné pour la patrie, dit Lilas, tu es un héros !

— Hé oui ! dit Provençal.

— Y en a beaucoup des héros de ce moment, dit Mirette. Les uns, c'est le bras, les autres la jambe, des fois les deux...

— Et des fois la quiquette, dit Provençal, alors ça, pour vous autres, c'est terrible !

— Ris pas de ces choses, dit Lilas, c'est sacré.

— ... nom d'un chien, termine Provençal en mordant Mirette dans le cou.

Elle crie :

— Tu me fais mal !

— Si on riait pas, dit Provençal, y faudrait se mettre à pleurer.

— Tu en es pas fier ? demande Lilas.

— Ô non ! dit Provençal, j'en suis pas fier. Ô non, j'en suis pas fier. Et je vois pas pourquoi j'en serais fier, d'avoir un bras de moins, que ça me gêne beaucoup pour mon travail et que c'est le résultat d'avoir fait le couillon deux ans dans les tranchées, pour une guerre qu'on m'a pas seulement demandé mon avis et qui n'a servi qu'à faire tuer des gens des deux côtés.

— Enfin, dit Mirette, maintenant l'armistice va être signé et on pourra être un peu tranquille.

— Oui, dit Provençal, surtout ceux-là qui sont morts. Ceux-là, ils sont sûrs de l'être, tranquilles ! Et y en a ! Je vous prie de le croire. Les cimetières militaires, ils ont poussé tout seuls et autour le blé sera beau et la vigne fera de gros raisins. La fécondité du monde, elle a été augmentée d'un coup, et là où il y a bien de fumure, les arbres poussent mieux. Le mal des gens fait le bien des plantes. Seulement, là-haut autour de Metz et à Pont-à-Mousson, ou au col de la Schlucht ou sous Verdun, c'est des sapins, des frênes qui viennent, des arbres qui savent faire que de l'ombre. Si c'était comme chez nous, dans la vallée du Gapeau, où il y a tant des cerisiers, des figuiers, des abricotiers, chargés à s'en traîner par terre, là oui au moins, on pourrait cueillir, comme y disent, « les fruits de la victoire... » Hé, Ollivier ?

— Sûr, dit Ollivier.

— Tu la connais toi, cette vallée du Gapeau ? C'est un endroit, que dans notre Midi, sec comme d'amadou, il faut aller vers Gèmenos, ou au bord du Loup, vers Cannes, pour rencontrer tant de fraîcheur, des prairies et toutes ces sortes d'arbres. Tu trouves pas Ollivier ?

— Merde ! dit Ollivier.

Il repousse de ses genoux la fille Mirette, qui suçait mollement son champagne.

— Ô ! qu'est-ce qu'y te prend ? dit Provençal. Allez décanille ! dit-il à Lilas, en la mettant debout.

— Qu'est-ce qu'ils ont ? demande Mirette.

— Je sais pas, dit Lilas, laissons-les.

Ollivier avait tapé si fort sur la table, en jetant son juron, que la deuxième bouteille, à demi pleine, s'était renversée. Le vin faisait un petit ruisseau sur la cuisse d'Ollivier.

— Y me prend, cria-t-il, qu'y a une heure que tu m'embêtes, à me parler de choses que je m'en fous : et les côteaux de Solliès, et le blé qui sera beau, et les vignes qui donneront ! Et puis pas assez, maintenant, c'est le Gapeau, les cerises et les figues... Eh ben, à la fin, je crie merde !

— Mais pourquoi ? dit Provençal.

— Oui, pourquoi ? dit un matelot qui s'était approché de leur table, dès la discussion.

Les deux garçons s'étaient arrêtés pour regarder celui qui venait de parler. C'était un homme dans les quarante ans, maigre et avec un étroit visage sec, où il y avait seulement un peu de couleur dans les yeux. Ces yeux. Deux fentes longues avec une étoile au fond.

Quelque chose en dedans d'Ollivier dit tout de suite : « J'ai vu ces yeux. » Mais il n'écouta pas.

— J'étais là, jeunes, dit l'homme. Il faut m'excuser si j'ai entendu.

— Que tu aies entendu, matelot, dit Provençal, c'est rien, mais que tu viennes mettre ta pétade entre mon collègue et moi, permets-moi de te dire que c'est pas ton affaire.

— Non, dit Ollivier, ça, c'est pas votre affaire.

Le matelot tenait sa pipe toute dans sa main, comme on tient un oiseau.

— Je te connais pas ? demanda-t-il à Ollivier.

— Non, dit Provençal, tu le connais pas, il est pas d'ici. Mais c'est pas la question. J'aime pas qu'on m'embête et tu m'embêtes beaucoup. Lève-toi de mon soleil, comme y disait l'autre...

— Qu'on appelait Diogène, dit le matelot.

— Si tu veux, je m'en fous, pourvu que tu t'en enlèves, c'est tout ce que je te demande. Parce que autrement, moi je t'en enlèverai.

— Ô, dit le matelot d'un ton grave, tu sais que tu me fais peur !

Provençal se leva de sa chaise.

— Arrête, dit le matelot, parlons un peu d'abord, moi j'aime bien me rendre compte des choses. Après, nous nous assassinerons si tu y tiens. Réponds-moi calmement. Tu sais qui c'était, ce Diogène ?

— Non, dit Provençal.

— Hé ! casse-lui la gueule ! cria Ollivier.

Le matelot le regarda au plein du visage.

— C'est drôle, je te connais, dit-il encore. Et pourtant, ce ne sont pas tes yeux, ce n'est pas ta figure, c'est ta voix qui fait ça, ta voix, pas plus...

— Tes boniments... gronda Provençal.

— Oui, c'est ta voix... mais probablement que je me trompe.

« Alors Diogène, c'était un type qui allait partout avec une lanterne. Je te parle des temps où il n'y avait pas encore d'électricité. Il allait partout alors et quand on lui disait : « Qu'est-ce que tu cherches ? » Lui, il répondait : « Je cherche un homme. » Et, dans ces temps déjà, il n'en trouvait plus.

— Tu encrasses... dit Provençal.

— Attends encore un peu, je t'ai dit qu'après nous nous tuerions. Alors, laisse-moi parler avant de me tuer !

Les gens s'étaient massés autour de leur groupe et ils riaient en les écoutant. Mirette et Lilas, sur les genoux de deux marins, s'amusaient.

— Ô, ici, dit Mirette, les types qui se bataillent, c'est pas rare !

— Oui, dit le matelot, en regardant Ollivier, et à ce que je veux te dire à toi, car c'est après toi que j'en ai, c'est qu'il pourrait revenir aujourd'hui, Diogène, et qu'en te voyant et qu'en t'écoutant, il se dirait encore : « Ce n'est pas un homme. »

— Je ne suis pas un homme ? cria Ollivier.

Et il jeta son poing en avant. Le matelot l'attrapa au vol et le serra comme il serrait sa pipe, comme on tient un oiseau.

— Tu n'es pas un homme, je dis, d'abord, parce qu'on n'est pas un homme, avec des cheveux si bien arrangés, comme si on te les avait collés un par un, avec ce parfum de putain que tu t'es mis dessus, avec cette pochette de fille et cette cravate de marlou. Non, on n'est pas un homme. Et surtout, tu ne sais pas pourquoi tu n'es pas un homme ?

Il lui tordit un peu le poignet, Ollivier cria, Provençal se jeta en avant. Le matelot le reçut sans fléchir sur le côté de sa poitrine et le regarda en disant :

— Laisse-moi finir.

— Tu n'es pas un homme, continua-t-il, parce que tu insultes ce qui ne doit jamais s'insulter.

— Je ne vous ai pas insulté, dit Ollivier.

— Je ne parle pas de moi, dit le matelot. Moi, quand on m'insulte, je me défends et puis peut-être qu'en cherchant bien, des raisons de m'insulter, tu en trouverais. Je te parle de toutes ces choses dont ton collègue te parlait, quand tu lui as mal répondu.

Provençal regarda l'homme au fond des yeux.

— Il te parlait des coteaux derrière Solliès-Toucas, là où il y a une fontaine si claire, qu'elle rafraîchirait le cœur d'un qui a commis un crime, je la connais, c'est Bonnefont. Et de ces collines de genêts, qu'en juin, tu tombes raide du parfum et sur le haut, de ces champs de lys qu'on cultive pour les bulbes, ce qui fait qu'ils n'en finissent plus de fleurir...

Ollivier s'était mis à trembler.

L'homme s'arrêta pour dire à Provençal :

— Fais-le asseoir, il ne tient plus debout.

Ollivier assis, il continua :

— Il te parlait des vignes qui s'étagent au long des terrassettes rouges et qui portent tant de bon raisin, que la blanche y est meilleure que partout. Il te parlait du blé qui sera beau. Il te parlait des prairies qui bordent le Gapeau, où les cerisiers, les figuiers, les abricotiers posent leurs fruits sur l'herbe, tellement ils sont chargés. Et toi, au lieu d'ouvrir les mains, les oreilles, la bouche, au-devant de toutes ces choses de joie, toi, tout ça, tu l'as insulté...

— Qu'est-ce que ça peut vous faire ? dit Ollivier.

— Ça me fait que ça prouve que tu n'es pas un homme et que j'ai le droit de te le dire dans la figure. Et ça me fait que mal parler à tout ça, c'est comme de mal me parler à moi, parce que tout ça, c'est dans moi, c'est dans mon plus profond et que je ne laisserai jamais mal en parler. Tu as compris ?

— Merde ! cria encore Ollivier.

Sa chaise jetée en arrière bascula. Il se plia en deux sous le coup de poing qui lui atteignait le menton et il roula sur le sol comme un pantin cassé.

— Cette fois tu as compris ? dit le matelot penché sur lui, toi qui ne comprends rien ?

Provençal s'était jeté sur l'homme et tous deux saignaient du visage. On entendit les cris aigus des femmes, mais les Bretonnes, habituées à des rixes de ce genre, avaient déjà appelé deux agents, qui buvaient au comptoir du fond. Chacun prit un des combattants par le bras.

— Allez, allez, que ce soit fini, ou au poste ! disaient-ils, coutumiers de ces batailles.

Ollivier était resté à terre, la bouche saignante.

— Ton nom ? dit l'agent à Provençal. Tu as pas honte ? Tu as la croix de guerre, un bras en moins et tu te tabasses ?

— Provençal, je m'appelle, je suis connu. J'ai fait que défendre mon collègue.

— Et toi, matelot, comment tu t'appelles ? demandait le deuxième agent en regardant l'homme.

— Florestan Desmichels, matelot sur le *Dupleix*.

— Hé, le pompon, tu vas te faire féliciter à ton bord !

— Et toi ? demanda encore l'agent à Ollivier.

— Moi ? dit Ollivier.

Il s'était relevé seul. Il avait dressé la tête et renâclé comme un cheval qu'on conduit dans la nuit et qui, tout à coup, a peur d'un buisson. Il regarde le matelot, la voix du dedans qu'il n'avait pas écoutée tout à l'heure, lui cria à nouveau : « Les yeux... les yeux... » Son père, sa mère, Joseph, Félicien...

— Eh bien, tu as pas de nom ? dit l'agent, en le secouant par le bras, ou bien tu as honte de le dire ?

— Ollivier Desmichels ! cria Ollivier.

— D'où ? cria le matelot.

— De Grand-Cap, dit Ollivier.

— Et moi de la Guirande, dit Florestan.

Ils restaient debout l'un devant l'autre sans savoir se parler. Puis, Florestan mit ses deux mains sur les épaules d'Ollivier.

— Petit... dit-il.

Il l'embrassa à la joue.

— Té, ils se font amis ! dit l'agent. On peut aller finir notre rhum. Et surtout, recommencez plus.

Provençal regardait les deux hommes. Il finit par demander :

— On s'en va ?

— Non, dit Ollivier. C'est mon oncle, tu comprends. Alors moi, je reste avec lui.

— Petit... Je t'ai fait beaucoup de mal ? dit Florestan.

XVII

Alors ? demande Ollivier.

Il est venu attendre Florestan à l'arrivée du car de Solliès et maintenant, ils descendent vers le Port, par la rue de la Fraternité.

— Eh bien, c'est fait, dit Florestan.

— Elle a accepté ?

— Oui.

Tout le Grand-Cap, avec son arête dure à pic sur le ciel dur et lisse comme une pierre bleue, toute la forêt qui frise autour de la roche rousse, et la vallée mouillée qui fume le matin sous le premier soleil, tout est entré d'un coup dans la tête d'Ollivier et y fait tourner un tourbillon.

— Pour ta mère, dit Florestan, ç'a été une grosse émotion.

— Racontez-moi bien tout, dit Ollivier.

Arrivés au quai de Cronstadt, ils s'asseyent à la terrasse d'un café. Il y a des cuirassés gris dans les eaux. Des vedettes blanches mettent à terre des officiers bleu marine. Pas plus tôt posé au sol, un petit jeunet court en balançant sa valise.

— Quand je suis monté dans le bois, dit Florestan, j'ai vu la porte de ta cabane grande ouverte. Ta mère était en train de faire le café. J'ai crié : « Ô, la maison ! » et je suis entré tout de suite. A genoux par terre, elle soufflait sur son feu qui fumait. « Qui c'est ? » elle a dit ; j'ai dit : « Moi. — Qui toi ? — Florestan Desmichels, ton beau-frère. — Mon beau-frère, elle a dit, mais il y a des années que je l'ai plus vu ? — Eh bien, maintenant, tu me vois ! » j'ai répondu. « Entre, elle a dit, tu viens de la Guirande ? — Non, j'ai dit, je viens de Toulon et je te porte l'amitié d'Ollivier. » Alors si tu l'avais vue... Elle s'est relevée d'un coup et elle s'est assise, les mains sur le tablier, comme si elle ne savait plus qu'en faire. « Et Félicien ? » j'ai demandé. « Il est là, dans la chambre, elle a dit, il dort, il a passé une mauvaise nuit. Sortons dans le bois, il vaut mieux qu'il ne te voie pas et qu'il n'entende pas parler de son frère, ça lui ferait un coup. » J'ai dit : « Comment est-il ? — Des moments mieux, des moments moins bien », elle m'a dit. J'ai vu qu'elle n'avait pas envie de parler de ça. Nous sommes sortis et alors j'ai repris : « Oui, voilà, je viens te voir de la part d'Ollivier. Je l'ai vu à Toulon et il m'a donné une commission pour toi. » Ah, tu peux croire, ç'a été une pluie de questions ! « Comment y va ? et qu'est-ce qu'y fait ? et pourquoi il a quitté la cabane comme ça ? C'est un vaurien qui mérite pas la corde pour le pendre ! Il a seulement pas emporté sa grosse veste que c'est bon pour prendre mal... » Enfin, toutes les choses qu'une mère tourne dans sa tête pour se faire du mauvais sang. Je l'ai bien laissé vider son cœur, après, je suis venu à la chose : « Voilà, alors j'ai dit, Arnaude, ton fils, il est mordu de la mer. — Je sais, elle a dit, de tout petit, y regardait cette bande d'eau, là-bas, dans le lointain de l'air, comme si ça avait été la terre promise. Je le savais déjà, de ce temps, que le mer me le prendrait... — Va, j'ai voulu plaisanter pour la faire un peu rire, y vaut mieux que ce soit la mère que la fille ! » Mais elle n'a pas ri. Alors j'ai continué : « Ton petit veut s'embarquer. Moi, tu le vois à mon costume, je suis matelot, y a déjà longtemps que je fais ce métier et ce n'est pas par amour pour cette garce de mer, tu peux croire que non, parce que moi, j'aime mieux la terre. Seulement ma terre à moi, ils me l'ont volée... » Ta mère m'a dit : « Mais c'est vrai, ton morceau des Trois-Chênes qui donnait tant d'amandes fines, tu aurais pas pu vivre dessus ? — Tu les connais, toi, j'ai dit, les biens des Desmichels. Mais oui, j'aurais pu vivre dessus, s'ils ne me l'avaient pas volé avec tout ce qui me revenait de mon père. » Et j'ai raconté à ta mère comme je te l'ai raconté à toi, comment, d'être le plus jeune de tous, ça me levait le droit d'ouvrir la bouche, surtout avec mon frère Pierre, si dur pour tout le monde. Comment lui et sa femme m'avaient persuadé de mettre ma part avec la leur, pour soi-disant un meilleur rendement et comment, un beau jour, tout s'est trouvé à leur nom et que je n'avais plus que mes yeux pour pleurer. Qu'à réclamer, je me faisais flanquer des roustes et que je voyais maltraiter mes sœurs sans pouvoir les défendre. Alors, que j'avais préféré m'en aller, sur des bateaux, vers des pays où j'aurais la permission d'être un homme. Ta mère, elle m'a écouté dire tout ça, puis elle m'a demandé : « Alors, le petit veut s'embarquer ? » J'ai bien vu qu'elle n'avait pensé qu'à ça, pendant toutes mes paroles. « Oui, j'ai dit, mais puisqu'il n'est pas majeur, il lui faut ta permission. — Je la donne pas, elle m'a coupé. — Et celle de son tuteur, puisque le pauvre Antoine est mort. Qui est-ce, son tuteur ? — Tu le sais pas ? elle a dit, c'est Pierre. — Mon frère ? — Oui, ton frère de la Guirande. C'est à lui qu'y faut demander ça. — C'est pas la peine, j'ai dit, puisque toi la première, cette permission, tu la donnes pas. » Je la regardais du coin de l'œil, elle serrait sa bouche, j'ai pris une manière hypocrite. J'ai dit : « Tu es maîtresse de ton fils. Moi, la mer, je ne le pousserai pas à la prendre, tu le sais. Seulement qu'il revienne vivre ici, n'y compte pas. Il a déjà changé, c'est plus le garçon de la forêt et de la charbonnière. Il restera à Toulon ou il ira à Marseille. Quelle vie il se fera ? Ce n'est pas moi qui saurais te le dire, vu qu'il est jeune et que sa vie quelqu'un la lui fera, plutôt que lui-même. Le bon du métier de matelot, c'est qu'il est une chose propre entre ciel et mer, où l'on n'apprend pas la fainéantise ni le barbeautage. On se sert de ses mains pour des besognes d'homme et les rires du repos, ce sont des rires clairs comme l'eau de nos fontaines. Tu comprends ? » j'ai dit. Et je pensais à cette fontaine de derrière Solliès-Toucas que, mélangée aux prairies d'herbe haute, aux cerisiers, et au reste, tu avais insultée le soir de notre dispute... Et je me promettais dans moi : « J'irai m'y tremper les mains avant de revenir, dans cette Bonnefont, dans cette bonne fontaine claire. Je voyais qu'à présent ta mère m'écoutait bien. Alors je dis encore :

« Oui, il est jeune ton Ollivier et il ne déplaît pas aux filles, je te l'assure... » Elle me coupe encore pour me demander : « Ta nièce Nine, la fille de Sébastien et de Madeleine, tu la connais ? — Non, je dis avec mon air bête, je n'ai plus vu personne de la famille. Pourquoi tu me demandes ça ? — Une idée, elle dit. » Je recommence : « Ollivier... — Pas la peine d'user ta salive, la permission, je la donne. Mais il faut celle de ton frère Pierre ? — Pour ça, je réponds, il faut voir... — C'est tout vu, elle dit, j'ai tout calculé pendant tes paroles, c'est toi qui vas aller à la Guirande. — Moi ? » je dis. Je t'avoue que là, elle m'attrapait !

Elle s'était mise tout debout, et maigre et petite comme toujours elle a été, elle semblait une femme en rocher, comme ces pierres de lave qu'il y a sous les arbres de Montrieux et qui sont debout depuis le commencement du monde. Si une de ces pierres noires, toutes marquées du feu, se levait et te disait : « Marche ! », il ne te viendrait pas à l'idée de dire non, pas vrai ? Tu as de la veine d'avoir une mère qui est forte comme une chose de la nature ! J'ai dit : « Je vais y aller. — Rapporte-moi la réponse, elle a dit. Je suis descendu vers Solliès-Toucas, suivant mon idée, dans cette source de Bonnefont qui me plaît tant, j'ai trempé mes mains et ma figure. L'eau était froide à me couper la respiration, mais ça me faisait du bien partout où ça touchait. Je comprends les Arabes qui font leur prière avec de l'eau. J'aurais voulu me tremper tout entier... Dans Solliès-Toucas, j'ai reconnu des gens qui ne me reconnaissaient pas, tu penses, depuis le temps ! J'avais changé ! J'ai pris à travers les prés, par le chemin qui passe derrière le cimetière. Y a tous les Desmichels enterrés là. Je ne suis pas entré, parce que moi, sur les morts, j'ai mes idées. Bientôt, entre ces marronniers qui sont les plus beaux de la vallée, j'ai vu les bâtisses de la Guirande. Alors, je me suis un peu assis au bord du talus et j'ai regardé... Tu verras, Ollivier, après avoir bien bourlingué sur cette mer qui te fait tant envie, tu verras quand à ton retour tu t'assiéras au bord du talus, pour regarder ta forêt de Grand-Cap et ta cabane de charbonnier... Je voyais toutes les fumées monter dans l'air et je les reconnaissais. Cette bleue je pensais, c'est celle des sarments de vigne, dans la grande maison. La servante fait chauffer le café pour la femme de Pierre qui se lève toujours tard. Dans le hangar, on prépare la soupe des métayers, c'est pour ça qu'on brûle les souquets de chêne qui font une grosse colonne de fumée jaune. Dans le coin, derrière l'écurie, le valet fait cuire les pommes de terre pour la pâtée des cochons. Et cette fumée de plein air, elle s'en va, tout étirée en franges blanches par les arbres, flotter au-dessus des prés. »

Un jour, si comme ça, tu regardes les fumées de ta maison et de ton bois, tu te diras : « Il avait raison, mon oncle Florestan ! » Et tu verras comme ça vous chavire dans le dedans du cœur pour une chose si simple... Enfin je m'arrache à mon plaisir. Sur la terrasse je vois passer Pierre : grand, gros, dur, tout le père à son âge. « Pierre ! » j'appelle. Il se tourne : « Té, qui c'est, celui-là ? il demande. — Florestan, ton frère. — Nouveauté ! » il dit. Je lui parle, je rentre avec lui dans la salle. « Sors », il dit à la bonne qui rangeait. La permission, il l'a donnée tout de suite, il s'en foutait. « Qu'est-ce que tu veux que ça me fasse ? il a dit. Moi, ce neveu, je le connais même pas. Vous êtes tous ingrats et compagnie. Quand Antoine est mort, Arnaude m'a envoyé le notaire de Solliès, il m'a annoncé : « Vous êtes l'aîné de la famille, maintenant, vous êtes le tuteur du fils mineur. » J'ai répondu : « Bon ! » Le petit, je l'ai jamais vu. Arnaude, Louise, Rosine, même toi, vous êtes tous jaloux que je sois devenu le Maître de la Guirande et c'est pour ça que vous me détestez ! » Je voulais lui dire : « Si tu t'étais fait aimer... » Seulement j'ai vu qu'il ne comprenait pas, je le sentais autant gonflé de sa fortune que de sa mangeaille et rempli à crever de son importance. Leur cœur, à ces hommes qui ne sont que riches, il est noyé dans toute cette graisse d'argent. Alors que veux-tu leur dire ? Il faudrait les mettre à maigrir comme ces lapines qui ne font plus de petits, parce qu'on les a trop bien nourries... Il faudrait les mettre à maigrir, à souffrir, à se tanner la peau au vent et à la pluie des routes, à demander leur pain dans les fermes où l'on vous envoie le chien pour vous mordre, alors peut-être ils deviendraient bons et le vif de leur cœur se sortirait de sa pourriture. Et encore, c'est pas sûr... Les raves gelées, ça fait toujours de la mauvaise soupe... Je suis parti avec sa signature, c'est tout ce que je voulais. Et en partant, j'ai craché sur la trace des souliers de mon frère. Ton frère, rappelle-toi de ça dans la vie, Ollivier, c'est celui-là qui, sans t'être rien, te donne le bon de sa tendresse et de sa pitié, mais celui qui, né de la même mère et du même père, dort tranquille dans son lit chaud, quand toi tu as froid, et mange un gros dîner sans se demander si tu n'as pas faim, celui-là, tu peux cracher sur la marque de son pas, sans manquer à la justice du monde.

— Alors, la signature, vous l'avez ? interrompit Ollivier.

Le sang lui battait aux tempes, il aurait voulu crier depuis le début :

— Parlez pas tant, l'oncle ! Parlez pas tant de toutes ces choses, que je m'en fous, mais la signature, la permission, dites, vous l'avez, la permission ?

Florestan lui tendit le papier déplié et il continua :

— Quand je suis retourné à ta cabane, Félicien était réveillé. Ta mère l'avait préparé à ma visite et nous avons parlé de toi. Je dois te le dire, Ollivier, ton frère est bien mal, je ne sais pas si ta mère arrivera à le sauver, ils ont l'air de vivre d'illusion, tous les deux. Nous avons parlé, oui... Il n'a pas l'air trop fâché contre toi, Félicien ; c'est pour ça que je te disais d'aller le voir...

— Non, cria Ollivier, je veux pas !

— Personne te force, mais qu'est-ce que tu as après lui ? Et après ta mère ? Des gens qui t'ont fait que du bien ?

« C'est pour ça », pensait Ollivier.

— Et tu gueules comme un écorché, reprit Florestan, quand je te parle d'aller les voir ?

— Je veux rien revoir, dit Ollivier, ni Félicien, ni ma mère, ni ma maison, ni le Grand-Cap.

— Je ne te comprends pas, on croirait que tout ça te fait peur ? Enfin, tu as encore le temps de changer d'avis ?

— Non, je changerai pas.

— Ce que je t'ai dit, ça est allé tout au contraire de ce que je voulais te dire, réfléchit Florestan.

— C'est pas ça, dit Ollivier, c'est pas ce que vous

m'avez dit, qui m'a appris ma route, c'est ce que vous êtes.

— Qu'est-ce que je suis ?

— Vous êtes vous. Et moi, c'est comme vous que je veux être.

— Va voir ta mère, va, tu feras une bonne chose de cœur !

— Non, redit Ollivier, plus tard, je dis pas, mais maintenant non. Tout ça est trop frais, je peux pas... Mais vous la comprenez pas, la honte que j'ai, d'avoir fait ce que j'ai fait ? Vous me le disiez, ce soir des *Deux Bretonnes,* je suis pas un homme de ce moment ! Vous voyez, je vous ai obéi, je me suis lavé la tête, je me suis acheté un bleu d'ouvrier, la pochette en soie, je l'ai fichue en l'air, après j'ai écrit à Nine pour lui expliquer que c'était fini, que je voulais pas qu'y me vienne un dos vert. Mais l'odeur de leur fausse violette, elle est pas toute partie de mes cheveux et y faudrait pas que je revoie Nine, parce que je me sens pas encore de force... Si j'allais à Grand-Cap, ma mère voudrait plus que je parte, je me laisserai faire et, un jour ou l'autre, je reviendrais à *la Girelle.*

— Si c'est comme ça, je te donne raison, dit Florestan, j'avais idée que ta sauvagerie, c'était quelque chose de ce genre, c'est ce que j'ai tâché d'expliquer à ta mère... Mais va, le grand air de la mer, il te le fera partir, ton parfum de violette fausse. Il en a l'habitude, de prendre dans ses mains propres les mauvaises odeurs des villes et de les jeter à l'eau. Et ton souvenir de fille, qui est un souvenir sali, puisque ta peau seule l'a gardé et qu'à ton cœur, il donne envie de rendre, il te le jettera à la mer, lui aussi et les mouettes le mangeront !

— Vous êtes brave, dit Ollivier, moi j'y étais à la mer et vous m'avez remonté à la force du poignet ! Je vous dois un gros merci.

Florestan sourit et tous les plis droits de sa figure dénuée de chair suivirent le mouvement de ce sourire. Il dit :

— Je croyais ne sauver qu'un noyé et je sauvais mon neveu... Ça c'est une veine ! Mais dis, toi, bien sûr, tu ne pouvais pas me reconnaître... pourtant rien ne te parlait ?

— Ô, oui ! dit Ollivier, vos yeux, parce que c'est les yeux de mon père.

— Moi, c'est la voix. Tout en te faisant mon discours, devant ton collègue... Et à propos, qu'est-ce qu'il est devenu, ce Provençal ?

— Je sais pas, dit Ollivier, je l'ai plus vu, il faut dire que je suis resté avec vous, depuis.

— Va lui dire adieu avant de partir, il me faisait l'effet d'un honnête homme.

— Ça, je crois.

— Ils sont rares sur la terre. Tu iras lui dire au revoir ?

— J'irai, dit Ollivier.

— Oui, reprit Florestan, pendant que je te faisais mon discours, dans cette espèce de caveau qui sent plus fort la morue que toute la place à l'Huile, j'écoutais ta voix plus que la mienne, quoique tu ne m'aies guère répondu et je me disais : « Mais Bon Dieu de bonne Mère, où est-ce que j'ai entendu une voix toute pareille ? »

— C'est parce que j'ai la voix de mon père, dit Ollivier, à Grand-Cap, on l'avait remarqué, ça faisait rire. Quand ma mère, au travers des bois, appelait : « Tu viens Antoine ? » et que je criais : « Oui, tout de suite ! », elle disait : « Bon ! » Ça nous faisait bien rire...

— Si ton père n'avait jamais été au monde et que nous n'ayons pas pu, moi avoir ses yeux et toi prendre sa voix, jamais nous ne nous reconnaissions !

Le sourire tira à nouveau les plis de son visage et se fit un nid creux dans sa joue maigre. Il posa sa grande main bien à plat sur celle de son neveu. Ollivier sentit son premier moment de vraie joie depuis le départ de la cabane.

Florestan semblait regarder loin devant lui, dans le vide. A la fin, il dit :

— Ton pauvre père, la dernière fois que je l'ai vu, il était avec ta mère à la fête de Bellaïgue. Tu avais trois ans, il te relevait dans ses bras, pour que tu voies bien les vires-vires. Félicien et Joseph étaient grandets. Je les vois, ils avaient tous les deux un béret avec un pompon rouge, dessus, il y avait écrit : « Formidable. » Après, je l'ai vu dans le port de Beyrouth, ce bateau, le *Formida-*

ble, et alors au lieu de voir ce gros bateau, je voyais les petits devant mes yeux avec leurs deux bérets pareils...

« A cette fête, j'y étais descendu, moi aussi et ton père m'a appelé et je suis venu boire la bière avec vous. Tu voulais quand même me prendre le verre des mains, tu me riais, tu te renversais tout dessus... Depuis je n'ai plus vu personne. A cause de cette Solange qui voulait se faire trop amie avec moi, dans le dos de Pierre et pour toutes ces questions d'intérêts que je t'ai racontées, j'ai quitté la Guirande. Et ma maison, depuis quinze ans et plus, ç'a été la mer...

— Pourtant vous dites que vous l'aimez guère ?

— Écoute ! dit Florestan, et sa main glissa sur le genou d'Ollivier qu'il serra dans ses doigts durs, la mer, tu la verras la mer, puisque tu veux tant y aller dessus et quand tu lui auras marché sur le ventre, des jours et des nuits, si à la fin, tu ne préfères pas la terre, c'est que tu n'es plus un Desmichels.

— Je verrai... dit Ollivier.

— Oui, tu verras ! comme tu dis. Alors je vais m'occuper de ton embarquement maintenant que nous avons l'autorisation de ta mère. Et bientôt tu sentiras le pont du *Dupleix* sous tes semelles. Là, tu seras content, hé ?

— Ô, oui ! dit Ollivier.

Une flamme se rallumait dans ses yeux.

— Tu me fais rire, dit Florestan, ça te passera avant que ça me reprenne. Enfin, c'est de ton âge ! Mais, de ta forêt, alors, tu ne regrettes rien ? Est-ce que les pins de Grand-Cap, ils ne faisaient pas, à eux seuls, le chant de toute la mer ? Dis, dis, tu les as déjà oubliées, tes vagues d'arbres ? Ah ! la terre, elle ne se garde pas comme la mer, toute sa vie, dans le plus secret d'elle, elle vous envoie tout à la rencontre de votre bonheur : les fleurs, le blé, la vigne, tant de choses, que tout le monde en prend et qu'encore y s'en gaspille par la faute des hommes ! Penses-y un peu, si c'était pas bon de mener les chevaux dans le matin, ou de tenir le soc, pour qu'il fasse son chemin bien droit dans le ventre de ton champ et de dormir, après le labour, sur la hanche grasse de la colline ? Et de trouver toute prête à l'arbre, faite pour le creux de ta main, cette pêche pleine de jus que ta soif demandait ?

— La terre, dit Ollivier, je la connais, je la sentais sous mes pieds, au plus haut de la roche rousse de Grand-Cap, et pourtant, je regardais la mer là-bas, tout en argent et vaste sous le ciel comme une autre terre à défricher... Si le désir avait suffi, y me serait venu des ailes aux talons, pour voler vers cette mer... Alors, vous comprenez, maintenant...

— Cette source de Bonnefont, qui chante clair comme pas une, cette source que j'en radote à force de l'aimer, tu la connais, toi ?

— Oui, dit Ollivier, c'est de l'eau douce.

— Douce, oui, si douce, tu as raison...

— Maintenant, vous comprenez, l'oncle, cette mer, avant que j'y sois dessus, déjà, de vague en vague, elle m'emporte...

Florestan frappa du plat de sa main l'épaule d'Ollivier :

— Elle te ramènera, va ! Parce que la mer, tu sais, mort ou vivant, la mer, elle vous ramène toujours à la côte !

Au-dessus de son corps soulevé, Ollivier tend vers le lointain un visage de lumière. Il demande :

— Quand c'est qu'on part ?

XVIII

La carte représente une grande baie arrondie, avec une ville, dominée par une montagne en pointe. Derrière, il y a écrit : « Souvenir de Rio de Janeiro. » C'est signé « Ollivier ».

Arnaude la tourne et la retourne dans ses mains, comme si elle espérait qu'à force de la regarder, il en sortira quelque chose. C'est le facteur qui la lui a montée jusqu'à la cabane. Il a dit :

— Hou ! Y fait chaud, on voit que le beau temps revient !

— C'est la saison, a dit Arnaude.

Elle regardait les mains du facteur.

— Je vous apporte des nouvelles de votre garçon, a dit le facteur. Il est pas à côté !

— D'où ça vient ?

— De Rio de Janeiro, c'est des pays de l'autre versant des mers. Y vous a mis dessus : « Souvenir. »

— Merci bien, dit Arnaude, vous boirez quelque chose ?

— Je veux bien, et je m'assieds un peu, quoique je sois moins en fatigue que l'été dernier... Avec toute cette correspondance de guerre, ça m'entraînait dans des chemins de montagne, que le diable s'y serait perdu. Depuis la fin des hostilités et que les prisonniers aussi, reviennent petit à petit, je suis un peu plus au calme.

— Y a d'écrit que ça : « Souvenir » ? demande Arnaude.

— Oui ! y devait être un peu pressé votre garçon ! La

prochaine fois, y vous mettra tout un chapitre. Allez, merci, madame Desmichels et au revoir.

Debout, il vide le fond de son verre dans sa gorge et redescend le sentier. Depuis, Arnaude la regarde, cette carte, c'est la première qu'elle reçoit d'Ollivier. Elle la tient dans ses mains et elle la regarde, comme la seule marque vivante de quelqu'un de sa famille. Elle est seule au monde avec cette carte. Félicien est mort, il y a plus d'un an, juste après cette grosse joie de l'Armistice, qui avait fait croire aux femmes que tous leurs hommes étaient sauvés. Mais ceux que le mal avait touchés au centre d'eux-mêmes, la paix ne leur avait pas plus pardonné que la guerre.

Félicien a ouvert une dernière fois sa bouche pour un appel au secours vers la vie et puis ç'a été fini.

Arnaude est restée toute la nuit avec la chienne au pied du lit, à le regarder devenir un mort... Le matin, le fils Marcelin, de Bramafan, qui avait vu que ça allait mal, est descendu sur sa jambe articulée. Quand Arnaude le voit avec cette allure raide, elle pense avec jalousie : « Ça aurait pas pu arriver à un des miens, non ? »

Marcelin a vu Félicien immobile, avec cette bouche grande ouverte vers le ciel, cette bouche désespérée qui avait été si chaude sur les bouches de Renée et de Nine, il a essayé de la lui fermer, mais on avait trop attendu et les muscles n'étaient plus souples. Félicien resterait dans la mort avec cette bouche grande ouverte, pleine de son dernier cri.

Il a dit :

— Pauvre Félicien, quand même ! Nous sommes pas grand-chose !

Et puis :

— Je vais vous envoyer ma mère.

Sa mère, c'est cette ancienne connaissance d'Arnaude, cette Justine Fournier, des Sénès, mariée avec un Marcelin de Bellaïgue. Elle a eu ce garçon qui a épousé, malgré sa jambe en moins, une bûcheronne de Bramafan et vit là-haut, en plein accord avec sa belle-famille. Mais elle a eu une fille qui a mal tourné, Fifi, une folle qui, de toute jeune, courait les cachettes sous les branches, avec les hommes, pour de l'argent. Maintenant, il paraît qu'elle tient une espèce de bar, à Toulon, un genre de mauvaise maison. C'est ce qu'Arnaude a entendu dire, mais elle n'en a jamais parlé avec Justine, quand celle-ci, en allant voir son fils, s'arrête à la cabane. Entre-temps, elle est venue exprès pour les morts d'Antoine et de Joseph, maintenant pour celle de Félicien.

— Ma pauvre, elle dit, tu es comme moi, nous sommes bien éprouvées toutes les deux, la guerre nous a bien touchées ! Moi, mon pauvre mari, tué aux premiers jours, comme ton Joseph, ton Félicien que finalement, c'est ça qui te l'a enlevé et mon petit qui y a laissé sa bonne jambe... Encore, je me considère heureuse qu'y se soit si bien habitué à marcher avec cette mécanique et que sa fiancée de Bramafan se le soit voulu quand même pour mari... C'est une chance ! Ils ont un bel enfant. Y me parlent toujours de me prendre avec eux, mais y sont déjà beaucoup nombreux... C'est comme Fifi, si je voulais, j'irais à Toulon, mais nous nous entendrons pas trop, j'aime encore mieux rester chez moi...

Arnaude devine tout ce que Justine ne veut pas avouer.

— Toi, dit encore Justine, ton bonheur est comme le mien, y t'étouffe pas. De tes quatre hommes, cette guerre t'en a tué trois et le quatrième, tu l'as pas quand même. Ah, les enfants, quelle ingratitude !

Arnaude défend Ollivier.

— C'est pas d'ingratitude s'il est parti, c'est son amour de la mer qui l'a commandé. Je le savais depuis toujours, je peux pas lui en vouloir, seulement, je suis beaucoup privée de lui.

— Que veux-tu, ma pauvre, quand on est vieux et qu'on est pas mort, on se voit seul, debout dans un cimetière...

— Oui, dit Arnaude.

Les deux femmes restent sans parler. Assises l'une devant l'autre. Justine tricote un bas pour son petit-fils. Elle le regarde en souriant. Elle dit :

— Il a déjà des pieds gros comme des maisons, ce Justin !

Quand elle part, Arnaude lui dit :

— Remonte un peu de temps en temps, tu me fais

bien compagnie et même si tu veux coucher, il y a le lit des garçons.

— Je te dis pas non, dit Justine, notre amitié, elle est comme nous, elle se fait vieille.

Un de ces matins, peu après avoir reçu la carte d'Ollivier, Arnaude est en train de faire de l'herbe aux quatre lapins qui lui restent, elle voit arriver le brigadier Angiollini.

— Bonjour ! dit-elle, y a longtemps qu'on t'a plus vu ?

— Je combinais quelque chose, dit-il, c'est fait. Tu m'offres pas la goutte ?

Elle lui fait un sourire d'accueil.

— La bouteille, si tu veux. Tu as été assez brave pour mon pauvre Félicien, j'oublierai jamais toutes tes gentillesses.

Angiollini entre dans la cabane, il s'assied, il a un visage rouge au-dessus de son col bleu, Arnaude le sert, il boit d'un coup, on dirait qu'il veut se donner du courage. Il dit :

— C'est toujours bon, ton machin, c'est toujours du même ?

— Oui, dit Arnaude, c'est la dernière bouteille, j'ai plus guère de goût à le faire, ce vin d'orange... Tant que Félicien en buvait de temps en temps, ça me donnait courage, mais à présent...

Angiollini regarde la cuisine autour de lui. C'est toujours propre, mais quand même moins, une grande toile d'araignée pend au coin de la hotte. Par terre, devant l'évier, il y a des épluchures fanées, « Arnaude perd son goût de vivre », pense-t-il. Il demande :

— Et d'Ollivier, toujours pas de nouvelles ?

— Oui, figure-toi, dit-elle, une carte.

— Tu as dû avoir une belle émotion ?

— J'étais arrivée à ne plus espérer, tu sais ? Je me disais : « Y me mourra, celui-là, comme les autres, que j'en saurai rien. » Et des fois, le soir, je me demandais, quand j'étais couchée, seule, dans ma cabane : « Qui sait dans quoi y s'endort, mon petit, dans un lit ou dans un cercueil ? »

— Dans un hamac, y s'endort, dit le brigadier, puisqu'il est marin. Et crois-moi qu'il est pas si mal, va !

— Je l'aimerais mieux ici, auprès de moi...

— Ça je m'en doute, mais il vaut encore mieux qu'il soit loin de la maison et sur la mer, que d'avoir tourné à la gouape dans les ruelles de Toulon.

— Tu crois qu'il aurait suivi ce mauvais chemin, mon petit ? Moi, je ne le crois pas.

— Si tu le croyais, tu serais pas une mère, dit Angiollini, mais y faut compter avec l'entraînement. Sûr que s'il y avait eu un homme à son côté, ton mari ou un de ses frères, ça l'aurait un peu guidé, mais tout seul, avec en plus, la fréquentation de cette Nine, ta nièce qui est une pervertie de la plus belle eau, tu vois d'ici où y s'en allait ?

— Cette Nine, que je pensais qu'elle se ferait brave pour mon Félicien...

— Brave ? Elle fait les brasseries et les trottoirs de tout Toulon, c'est son plus grand travail ! Entre elle et Fifi Fournier, la fille de Justine, elles sont connues comme putasses !

— Fifi Marcelin, tu veux dire ?

— Pour tenir son bar de *la Girelle,* qui est qu'une maison de passe déguisée, elle a repris le nom de sa mère, tu le savais pas ?

— Moi, je sais rien, dit Arnaude, je sais que ma misère et ma solitude...

Elle tira la carte de l'angle de la glace, sur la commode. Le brigadier la lit :

— C'est pas gras ! dit-il, Rio de Janeiro, c'est des pays lointains !

— Tu connais ?

— J'ai entendu parler...

Il réfléchit, puis il dit :

— Il a su le malheur de Félicien ?

— Je sais pas, dit Arnaude, j'avais pas d'adresse, mais je l'ai fait écrire à son oncle Florestan et peut-être il le lui a dit.

— Y sont toujours sur le même bateau ?

— Je sais pas, je te dis, je sais rien...

Il regarde encore la carte et il dit :

— C'est pas demain qu'il est de retour !

— Ô, ça non ! dit Arnaude.

— Tu es seule pour longtemps...

— Ô, ça oui ! dit Arnaude.

Il y a un silence. Le brigadier se lève, il va remettre la carte dans le coin de la glace, puis il reste debout devant la table.

— Encore un petit verre ? demande Arnaude.

— Non merci, sans façon.

Il répond ça et il reprend un grand coup d'air, enfin il dit :

— J'ai demandé mon changement pour la Corse.

Il regarde Arnaude en dessous, elle lui jette un œil vif.

— Ah ! dit-elle.

— Oui, je l'avais demandé déjà, il y a quelque temps et hier, j'ai reçu la réponse favorable. C'était ça que je t'ai expliqué que je combinais.

Arnaude dit :

— Tu as envie de quitter le Var ?

— C'est pas question d'envie de quitter le Var, ni même le continent. Mais c'est que là-bas, chez moi, à Vizzavona, j'ai des grands bois qui font rien, que les arbres pètent de sève et demandent à être élagués, que les chênes-lièges s'étouffent dans leur écorce et qu'en plein mitan de cette forêt, y a une maison qui réclame qu'on lui ouvre un peu les fenêtres, pour lui donner de l'air.

Il s'arrête pour attendre qu'Arnaude parle, mais elle ne dit rien, alors il reprend :

— Au bord de ma forêt, il y a une clairière en forme de vallon. Tu as pas idée ce que la terre y est bonne ! Mon père y faisait venir des salades comme des choux et des pastèques que le jus vous coulait entre les doigts. Ma mère, elle, c'étaient les fleurs : des géraniums qui semblaient des arbres, des œillets comme des feux d'artifice, des glycines qui montaient plus haut que le toit te dire bonjour, le matin, avec une grappe pleine d'abeilles... Et le basilic ? Alors ça, le basilic, si tu l'avais vu ! Y avait toujours une bataille de papillons autour. Tu l'aimes, toi, l'odeur du basilic ?

Son regard droit planté dans celui d'Arnaude cherchait plus loin que le fond des yeux. Assis, avec ses deux fortes cuisses bien d'aplomb et ses deux fortes mains sur les cuisses, il tendait toute cette beauté de force vers le corps maigre et fané d'Arnaude. Elle eut pitié de lui :

— Oui, dit-elle, ça sent bon.

— Ah, tu vois, tu es forcée de reconnaître ! Eh bien, je te le dis, les touffes de basilic du jardin de ma pauvre mère, elles étaient plus hautes que toi et de leur parfum, les guêpes en venaient folles ! Et ne crois pas que ce soit parce que nous les soignons mieux que personne ! Non, c'est la terre qui veut ça, le sang de la terre corse, qui se mélange bien au sang des basilics.

Il rit vers Arnaude de toutes ses dents blanches solides et de sa grosse bouche d'enfant. Puis tout d'un coup, son sourire se flétrit :

— Oui, redit-il, d'une voix lasse, ils en ont un parfum, ces basilics de Vizzavona...

Arnaude le regardait tristement :

— Oui, répéta-t-elle, seulement ici, j'ai trois noms sur une pierre, au cimetière de Solliès et sur moi, gravé encore plus profond, je l'ai aussi, ce nom des Desmichels... Et ça, tu sais bien que jamais je le quitterai.

Angiollini oscilla sur sa chaise, comme un homme qui a reçu une balle et qui ondule avant de tomber.

— J'espérais... dit-il, tu aurais été ma femme.

— Je sais, dit Arnaude, tu m'aurais rien proposé que de bien.

— Alors tu veux encore pas ?

Sa voix était celle du pauvre qui demande à manger.

— Je peux pas, dit-elle, mes morts se lèveraient de dessous leurs pierres.

— Tu m'as déjà refusé une fois, dit Angiollini, mais tu avais ton mari, alors je comprenais, mais maintenant...

— Maintenant, dit Arnaude, tu crois que je l'ai plus ? Parce que mon pauvre Antoine est mort dans sa chair, tu crois qu'il est mort en dedans de moi ? Je suis pas de celles qui oublient. Mon pain des pauvres, je le mange toujours avec Antoine, même séparés par le noir du tombeau, tu comprends ?

— Le reste de ma vie... dit Angiollini.

— Le reste de ta vie, y faut pas que ma testardise te le gâche. Y en a d'autres, des femmes, et des plus jeunes et des plus belles que moi, pour aller ouvrir les fenêtres de ta maison de Vizzavona et sentir le parfum des basilics.

Elle prit dans la sienne la main du brigadier et il l'amena contre sa joue brûlante.

— Tu sais bien que non, dit-il, il y a que toi et il y aura toujours que toi !

— Pauvre, vieille, laide que je suis devenue, alors toujours tu m'aimes ?

— Infirme sur un fauteuil, toujours je t'aimerai, dit Angiollini.

Il a baissé la voix comme s'il avait honte. Une grosse émotion gonfle la gorge d'Arnaude et lui met des larmes dans les yeux.

— Ô, dit-elle, des hommes comme toi, ça fait honneur au bon Dieu !

Un sourire d'amertume tord la bouche d'Angiollini. Il dit :

— Oui, seulement, tu me veux pas.

— Si l'amitié pouvait se payer, dit Arnaude, ta solde de brigadier suffirait pas pour payer la mienne. Mais pour autre chose...

Angiollini se lève et remet son képi, en disant pour finir :

— Tu m'as jamais aimé, je le vois bien, et jamais tu m'aimeras... Je veux dire d'amour.

— C'est pas ça, dit-elle, seulement...

Elle le regarde se préparer à partir, elle sent dans toute sa force que c'est la dernière bonne chose de sa vie qu'elle perd en repoussant cette tendresse et que sa solitude, après, sera encore plus lourde. Elle réfléchit qu'il faudrait savoir lui expliquer... Il attend et tout ce qu'elle trouve, c'est de dire, et pour elle cela éclaire tout :

— Seulement, oui, c'est ça... Je suis Desmichels.

— Oui, dit-il, je comprends. Je suis tombé sur une des rares femmes que la mort a pas tué sa fidélité. Tant pis pour moi, que veux-tu...

Les mots hésitent au bord de sa lourde lèvre, mais il se tait. Tout d'un coup, il dit encore :

— Alors adieu et sans rancune.

— Adieu... dit Arnaude.

Ils se serrent la main maladroitement. Puis Arnaude le voit qui descend à travers les arbres, par grands pas qui sautent les ronciers. Debout, contre la porte ouverte, elle regarde le gel de la nuit que le soleil de décembre, trop tiède, ne viendra pas faire fondre. En bas, les toitures de vieilles tuiles du moulin de Sinssol brillent, toutes mouillées de rosée ; en haut, la carène rousse de Grand-Cap fend de sa pointe dure un ciel gris bourrelé de nuages. La montagne… Les arbres qui donnaient le bois, le bois qui donnait le charbon, la bonne force d'Antoine contre sa poitrine à elle, contre son corps maigre et noir de sauterelle des routes, qu'Antoine avait choisi. La jeunesse. Les jours au travail, les nuits à l'amour, les petits : Félicien, Joseph, Ollivier… La route luisante, dans le fond de la vallée, emporte Louis Angiollini vers la Corse. Oui, quoi qu'il en dise, un jour, une autre femme qu'elle ouvrira les volets de la maison de Vizzavona et respirera les fleurs des basilics…

Arnaude rentre dans sa cabane et comme la carte est restée sur la table, auprès du verre vide où le brigadier a bu, elle se remet à la regarder : « Souvenir de Rio de Janeiro. »

— C'est pas gras, a dit Angiollini.

Il a dit aussi :

— C'est pas demain qu'il est de retour !

Et encore :

— Tu es seule pour longtemps.

Qui a dit ça ? Un mari, trois fils, le cœur plein, les bras pleins… Un mari, trois fils et puis seule ?

Justine aussi disait :

— Quand on est vieux et pas mort, on se voit seul, debout dans un cimetière.

Une larme coule dans la bouche qui tremble. Un revers de main l'essuie rudement. La chienne vient se frotter contre une jupe grise. Arnaude sent la chaleur d'une présence. Elle dit :

— Ô, Michelle, c'est toi ?

XIX

Il ne devait y avoir qu'un tout petit feu... La fumée qui montait au-dessus de la cheminée, entre les arbres, était mince, blanche comme un tronc de bouleau, souple dans les doigts de la brise, comme une écharpe de femme. Elle ondulait mollement au moindre souffle, faisait et défaisait des méandres soyeux qui changeaient les creux en courbes, puis, quand le vent l'abandonnait, elle s'étirait en une colonne immobile, arbre plus clair entre les colonnes noires des pins...

Ollivier regardait. Il croyait sentir sur son épaule la main dure de son oncle Florestan, cette main qui l'avait arraché de sa chaise, aux *Deux Bretonnes,* cette main qui était à présent à des milliers de kilomètres de son épaule, qui là-bas, à la Horta, s'était posée dans une main de femme et y était restée prise.

A ses oreilles, le vent disait, avec la voix de l'oncle Florestan, disait des mots qu'on avait pu croire oubliés : « Tu verras... tu verras... les fumées... les fumées... » C'était un chuchotement de petites voix familières qui semblaient vivantes, qui lui soulevaient le couvercle du cerveau avec de petits doigts cruels et sautaient dedans à pieds joints...

— Elle doit brûler des grosses racines de bruyère. J'en avais laissé un tas énorme, sous le terre-plein. C'est ça, c'est la racine de bruyère qui fait cette fumée blanche et légère, comme de la fumée de cigarette...

Son esprit flottait avec cette fumée, il n'arrivait pas plus à le fixer que les méandres de mousseline de soie de cette fumée n'arrivaient à garder, sous la brise, une forme définitive.

— Tout à l'heure... se disait-il, tout à l'heure... je m'approcherai mieux de la cabane. Elle entendra du bruit, elle sortira et elle me verra petit à petit.

Mais il restait assis à la même place, laissant passer les minutes. Ses jambes semblaient coulées dans du plomb.

Le *Dupleix* l'avait débarqué à Marseille deux jours plus tôt. Le vieux bateau était entré en cale sèche, aux bassins de radoub. On allait essayer de le réparer, ou plutôt de le démolir. Il avait trop barouillé sur trop de mers, il avait reçu des torpilles de flanc, il avait senti sa cale chauffer quand le chargement de coton ou de charbon avait pris feu. Il avait abordé de front les lames de la Méditerranée, de l'Atlantique, du Pacifique, il était à sa fin. Ses hommes, ses matelots l'avaient quitté, leur sac sur le dos, avec un dernier regard de pitié, comme on quitte un malade condamné à mort, au seuil de l'hôpital. Ollivier était descendu à terre avec les autres. Il avait six jours avant de se rembarquer, il ne savait pas encore pour où. Il avait pris le tram de la Joliette vers Marseille. Un hasard lui avait fait emprunter les quais. Arrivé au fort Saint-Jean, il avait sauté à terre. C'était un de ces matins printaniers que l'automne méridional épand sur Marseille, en grande joie. Une lumière dorée baignait Notre-Dame-de-la-Garde et la dégringolade de vieux toits, qui descend les pentes depuis l'église des Accoules et l'Hôtel-Dieu. Ollivier se mit à marcher sur les pierres du quai, patinées par le goudron des bateaux, le suc des oranges et où les grands filets bruns, remaillés de blanc, apportent leurs odeurs de poissons.

A sa droite, une eau épaisse comme de l'huile faisait danser tous les petits bateaux de pêche, dans un remuement de couleurs. A gauche, les ruelles étroites, pavoisées de linge, du quartier de la Mairie, s'enfonçaient dans du sombre, que découpaient les enseignes agressives des maisons de femmes. Une idée le cloua sur place : « Renée ! » Renée ? Qu'est-ce qui venait de lui prendre, de penser à cette Renée ? C'était par ici qu'elle habitait, qu'elle avait caché Félicien... Rue Langerie, rue Coin-de-Reboul, rue de la Reynarde... C'était là. Rue de la Reynarde. Au 6... Il s'avance.

— Ô, mon beau, tu viens chez moi ?

Ollivier n'a jamais vu une femme si grosse. Tout roule dans elle depuis le visage qui roule en mentons sur la poitrine. Ses seins, qui n'en font qu'un, roulent sur son ventre et son ventre est une large vague qui roule sur ses cuisses. D'une petite main preste, où brillent des pierres rouges, elle a ôté le béret de matelot du front d'Ollivier et elle est rentrée chez elle, d'où elle lui fait signe. Ollivier la suit. Dedans, c'est une pièce assez grande. Dans un coin, il y a un large lit, tout défait, à côté, un bidet, un broc à eau, une chaise. Ollivier s'est assis, la femme roule sa graisse à son côté :

— Tu es guère pressé ? dit-elle.

— Vous ne connaissez pas une nommée Renée ? demande Ollivier.

La femme le regarde :

— Renée ? tu dis... Laquelle ? Y en a des Renée au Quartier ! Quelle tu veux dire ?

— Je sais pas, c'est une à qui on dit Renée... Je sais pas son autre nom.

— J'en connais plusieurs par ici, puis j'en connais une, que c'est ma soeur. C'est elle ?

— Peut-être que c'est elle... dit Ollivier. Vous, comment vous vous appelez ?

— Moi ? Hortense.

— Alors c'est votre sœur. Moi, je suis le frère de Félicien.

— Félicien ?

— Ce garçon qui avait déserté pendant la guerre et que votre sœur a gardé caché chez elle.

— Ah ! dit-elle, et elle pose sur le lit le béret qu'elle tenait encore à la main. Je me rappelle...

— Elle est pas là Renée ?

— Ah non, elle habite plus ici, maintenant. Elle s'est mise chez elle. Elle est à la rue Coin-de-Reboul, maintenant. Vous vouliez la voir ?

— Ô, non, dit-il, ô non, je sais pas... Je passais, alors voilà... Mais je veux pas la déranger. Alors, elle habite plus ici ?

— Non, elle a pris un barbeau, un jeune d'Algérie,

alors pour rester ici tous les trois, c'était trop petit. Elle habite avec la mère de son homme, ils sont assez nombreux. C'est rue Coin-de-Reboul, je vous dis, si vous voulez la voir vous avez qu'à y aller, son homme, c'est Jean Balestra. Vous demanderez après. Moi je les vois pas, on est fâchées. Y a plus que son type qui compte.

— Ô, c'est pas la peine, dit Ollivier, j'étais venu parce que... je passais, alors vous comprenez...

Il s'est levé, il a repris son béret sur le lit et il se l'est remis sur la tête, bien de côté, en arrangeant ses cheveux dedans.

Elle le regarde, avec la petite lueur mince que font ses yeux, entre la graisse des paupières. Elle dit :

— Et ton frère, ce Félicien ?

— Il est mort, dit Ollivier.

— Ô, dit-elle, si Renée le savait, ça lui ferait peine. A moi aussi tu sais, ça me fait peine, parce qu'il était bien doux, ton frère... Qu'est-ce qu'il a eu ?

— Il avait été gazé pendant la guerre. Ça l'a tué.

— Ah oui, quand il était ici, il était déjà bien fatigué ! Nous l'avons beaucoup soigné, mais quand il a été repris, cette nuit qu'il a passée dans l'eau de la mer, ça lui a encore fait mal.

— Alors, moi je m'en vais, dit Ollivier.

— Tu vas pas chez Renée ?

— Ô, c'est pas la peine...

Hortense l'accompagne jusqu'à la rue, puis ils se disent adieu de loin, avec la tête.

Du Vieux-Port, il est monté à la gare, par le derrière de la place de la Bourse et les petites rues. Il a attendu une heure et demie un train pour Toulon, puis il est monté dedans. Et en partant, tandis qu'à la portière, il regardait Marseille qui s'en allait, de banlieue en banlieue, il se demandait sans savoir se répondre :

« Qu'est-ce que je vais bien foutre à Toulon ? »

Il arrive : Toulon, la place à l'Huile, la poissonnerie, le bar de *la Girelle*... Qui sait si Nine y fréquente toujours ? Qui sait si c'est encore Fifi qui le tient ? Aller y voir, il n'ose pas, il regarde de loin.

En passant devant, il voit l'étalage de « Veuve Saturnin et fils, Coquillages ». Maintenant que c'est fini, il comprend, Nine le faisait cocu avec ce Saturnin. Et qui sait avec combien d'autres ? Qu'il était naïf de ce temps ! Il revoit la belle bouche en fruit de Nine et sa manière crapuleuse de faire l'amour. Il revoit le bon visage de Provençal... Qui sait ce qu'il est devenu, celui-là ? Il devait lui écrire, à ce Provençal qui avait été son ami de quelques semaines, il ne l'avait jamais fait. C'est comme Félicien, qui devait toujours écrire à cette Renée, qui avait été si bonne pour lui... et puis il ne l'avait jamais fait. Maintenant cette Renée, elle avait un autre homme qu'elle aimait, à qui elle devait tenir le bol de sauge, quand il était enrhumé, pour ne pas qu'il se fatigue la main. Un homme qui ne s'appelait plus Félicien Desmichels, mais Jean Balestra... Qui sait comment il s'appelait, l'homme que maintenant Nine gardait enfermé dans sa chambre de *la Girelle,* à qui elle apportait de l'argent, de l'amour et les caresses de sa belle bouche ?

Ici, comme à Marseille, chez Nine, comme chez Renée, il n'y a plus de place pour Ollivier, pour les souvenirs d'Ollivier, pour cette envie de retrouver, vivante, sa jeunesse passée... Pourtant quelque part encore, quelque part... oui, il y a bien quelque part, dans une cabane, au fond des bois, des bras prêts à s'ouvrir pour lui...

Derrière le cours La Fayette, sur une petite place, toujours encombrée de paquets, le car va partir vers Solliès-Pont, vers Solliès-Toucas, vers la vallée. Ensuite il n'y a qu'à prendre le sentier qui traverse Coulepierre et on est tout de suite dans la forêt...

Et maintenant il y a un grand moment qu'il est là. A marcher dans les bois, il a retrouvé son pas d'autrefois. Ce pas de bûcheron assez semblable à celui du matelot, parce qu'il appuie de même façon le buste mouvant sur l'immobilité des jambes. Chez tous deux, le bassin est l'assise de pierre qui arrête l'élan des muscles. Les pieds, plantés au sol avec la même force, équilibrent les mouvements hardis des bras, qui là-haut, lancent la hache, accrochent les cordages, distribuent la force et le choc. Arrivé au-dessus d'un vallonnement de bruyères qui domine la cabane, Ollivier s'est assis. Une fatigue énorme tombe sur lui. Il regarde, il écoute. Il voit la maison où il est né, il voit la porte du bûcher qui est entrouverte, il voit la mince fumée blanche qui s'entrelace aux branches, comme une étoffe transparente. Il regarde et aucun mouvement ne se fait en lui. Il a voulu venir ici, il est arrivé maintenant... C'est tout.

Au long de ces heures de solitude, trois figures de femme lui ont tenu compagnie, trois : sa mère, Nine, Renée... De n'avoir pu revoir les dernières, il lui semble que la première, il ne doit pas la revoir non plus. Pourtant, ce n'est pas pareil, elle c'est sa mère. Une mère, ça vous attend toujours... Une mère, ce n'est pas une femme.

Il n'a qu'à s'avancer de quelques mètres et il trouvera l'abri des bras. Il se lève, la fumée continue à onduler doucement, il s'approche. Rien ne trahit son pas, rien ne bouge, il est devant la porte. Il s'arrête encore, une main dure lui serre la gorge. Enfin, il prend un grand coup de souffle et ses doigts tapent contre le panneau de bois. Sa mère va lui ouvrir, il va la voir...

Rien ne bouge, il frappe plus fort, rien ne bouge, il tourne le loquet de la porte. Il entre. Rien ne bouge. Il dit : « Mère ! » La cuisine est vide, la chambre aussi. Une marmite, dans laquelle quelque chose bout doucement, est sur un petit feu de racines de bruyères. Le silence et l'absence sont là. Ollivier s'assied avec eux. Il attend.

Voilà, il est revenu, il retrouve tout... Comme c'était simple. Des fois et des fois, il avait cherché à s'imaginer comment ce serait si un jour, il revenait, comment ça se passerait... Eh bien, voilà, c'était comme ça. Sa mère doit être dans la forêt à faire du petit bois ou de l'herbe pour ses lapins, elle va rentrer, elle dira :

— C'est toi ? Tu es revenu ?

Le petit bois et l'herbe des lapins glisseront de son tablier parce qu'elle le lâchera pour tendre les mains vers le visage retrouvé de son fils. Et les caresses qu'il sentira sur son visage seront plus douces que celles de toutes les femmes du monde.

— Mère ! Ah, mère !

Il s'est levé, il va vers la chambre, elle est obscure, froide, fermée au jour. Sa mère doit coucher dans le petit lit de la cuisine qu'il voit tout mal arrangé. Cette soupe sur le feu, elle sent un parfum qu'il retrouve avec un odorat qui n'a pas oublié. C'est de la soupe d'épeautre. Il plonge une grosse cuillère dedans, il ramène une crème épaisse, jaune, qui fait des volutes de fumée odorante. Il s'en verse dans une assiette creuse qui est là, à côté, toute prête pour son envie. Il s'assied à la table, il mange goulûment, aucune soupe, jamais, n'a été aussi bonne que celle-là. Il cherche du vin dans le placard, dans la souillarde. Il n'y en a pas, sa mère doit boire de l'eau. Il comprend qu'elle doit être très pauvre. De quoi vit-elle à présent ? De la pension de ses morts sans doute. Il s'allonge sur le petit lit, qui a une odeur de vieille femme. Comme elle doit être triste et seule à présent et ne plus avoir de goût à rien...

Il sort, elle va arriver sans doute par le sentier du bois, avec Michelle bondissante autour d'elle. Il descend vers le potager où peut-être elle est allée chercher des légumes. Il s'assied pour réfléchir encore un peu. D'où il est, il découvre le chemin qui monte à travers bois jusqu'à cette coupe de Bramafan, où il a tant travaillé avec Félicien et Joseph. Il revoit le grand rouvre dont les branches trempaient dans le sang de son père, il revoit le chêne-liège autour duquel Félicien tournait quand il avait peur d'être vu par le fils Marcelin, il revoit le chariot à bois qui a servi de brancard pour descendre son frère vers la gendarmerie. Et là-bas, voilà, brillantes d'humide, les tuiles rondes du moulin de Sinssol...

Mais sa mère... sa mère... que fait-elle ? Elle ne peut pas être loin cependant ? La porte ouverte, la soupe sur le feu, toute cette présence vague qui continue à habiter la cabane...

Soudain un bruit. Un bruit dans la montagne, sur la pente qui descend depuis Grand-Cap... Les formes se précisent d'une chèvre qui tire au bout de sa chaîne les pas chancelants d'une vieille femme. Sa mère ! Qu'est-ce qui le fait se jeter d'un bond derrière une touffe de cistes, au lieu de courir, d'aller au-devant d'elle, de dire, de crier : « C'est moi, mère ! Je suis là. » Arnaude s'approche, sa silhouette menue glisse entre les troncs des pins. Maintenant, Ollivier entend sa voix, elle dit doucement, d'un air effrayé : « Allons... allons... Cabrette, tire pas tant, tu vas me faire tomber ! » Mais Cabrette tire en avant, de toute la vigueur de ses pattes dures et Arnaude doit avoir mal aux mains à retenir ainsi la chaîne.

Arnaude est arrivée sur le terre-plein, elle fait entrer la chèvre dans le bûcher, elle ramène la porte du dedans. On ne la voit plus. Elle a dû passer par le bûcher dans la cuisine, elle va prendre sa marmite à deux mains, pour sentir si le fond ne s'est pas attaché, puis elle se mettra devant sa table, toute seule elle mangera, toute seule, ensuite, toute seule, elle fera son ouvrage de femme pauvre qui ne tient plus très bien sa maison, et puis le soir venu, quand les chouettes tourneront avec leur vol mou autour de la cabane, elle éteindra sa lampe à la lumière jaune et, toute seule, elle s'endormira...

La fumée s'est amincie, au-dessus du toit, jusqu'à ne plus être qu'un fil de soie blanc, que la brise déchire et emporte à son gré. Un jour, cette petite fumée, elle-même, disparaîtra en plein, la porte se fermera à jamais sur le vide de la pauvre présence qui l'habite encore. Arnaude sera morte. « Ma mère, ma mère sera morte... »

Les larmes glissent lentement, une à une, sur les joues et se rejoignent au bas du visage, dans le cou découvert par le col blanc de matelot. Ollivier les laisse couler, son cœur lourd s'allège du poids de fiel qu'elles emportent avec elles. « Ma mère sera morte... ma mère. Ma mère que j'ai abandonnée... Je vais entrer dans la cuisine où elle est seule, je prendrai ses mains de vieille femme et je mettrai sur elles ce visage d'enfant qu'elle a fait de sa chair. Je vais... je vais... » Ollivier se lève, il fait deux pas en avant, il regarde : « Ah non, c'est pas possible ! » Ses lèvres tremblent, ses épaules se ramassent comme si tout le ciel allait tomber sur elles, il ne peut pas, il ne peut pas, il redescend lourdement le sentier vers la route et, quand il arrive au talus, il le saute et se met à courir comme un voleur...

Bandol, du 12 octobre 1935 au 28 avril 1937.

TABLE

Achevé d'imprimer en juin 1982
sur les presses de l'imprimerie Bussière
à Saint-Amand (Cher)
pour le compte de France Loisirs
123, boulevard de Grenelle, Paris

Dépôt légal : juin 1982.
— N° d'édit. 6958. — N° d'imp. 1310. —